双星の天剣使い

HEAVENLY SWORD OF TWIN STARS

「【玄】の狼共と戦い、生き残った
我等の強さ――見せつけてやりましょう」

亡き宇将軍の一人娘

宇オト《ウオト》

瑠璃の補佐役にして宇家の姫。
張家軍を西域に導く。
戦場で救われた恩を返すべく
隻影達を支える実直な少女。

白星を継ぐもの
張白玲《チョウハクレイ》
辺境を守る名門の御令嬢で、
幼いころから文武に才を示した少女。
容姿に優れ、性格も真面目で慈悲深い。
普段は実直だが、
隻影に対してだけは我儘を言って甘える。

「さ、帰りに何か
買って帰りましょう。
勿論、貴方の奢りですよ、
隻影？」

白玲とオトが勢いよく俺に抱き着く。
「！　せ、隻影様っ!!」

「！　せ、隻影っ!!」
不敗の英雄の生まれ変わり
隻影《セキエイ》
救国の名将に拾われ、
御令嬢の白玲と共に育てられた青年。
前世の経験と武芸の訓練で
並外れた武力を持つが、
本人は戦場から離れて働く地方文官志

「あの御方の【皇英《コウエイ》】は
私以外にいらぬのだっ!!!」
【玄】皇族の次世代筆頭
オリド
武才と将才、政治の才を持つ
【玄】の西域侵攻を担うアダイの従弟。
【今皇英】を自任し、
隻影に対抗心を燃やす。

「変な綽名を勝手につけるなっ！
俺は張家の拾われ子——隻影だ」
…………バカ。
隻影のバカ。大バカっ。死んだら許さない。絶対に許さないっ

「『臨京』の救援を、どうか……どうかっ、お願い致します……！」

CONTENTS

Heavenly sword
Of twin stars

憂国の皇妹殿下
光美雨《コウミウ》
【栄】帝国皇帝の異母妹。
自国の窮状を直視し、
愚帝の妹として責任を感じている。
胸元の守り袋は母の形見。

双星の天剣使い4

七野りく

ファンタジア文庫

3344

口絵・本文イラスト　cura

登場人物

隻影《セキエイ》
英雄の生まれ変わり

張白玲《チョウハクレイ》
名門の御令嬢

王明鈴《オウメイリン》
大商人の娘

瑠璃《ルリ》
自称仙娘にして軍師

宇オト《ウオト》
瑠璃を補佐する宇家の姫

宇博文《ウハクブン》
オトの兄。宇家の内政担当

光美雨《コウミウ》
栄帝国皇妹

アダイ
玄の皇帝。怪物

オリド
今皇英を自任する玄の皇族

双星の天剣使い

HEAVENLY SWORD OF
TWIN STARS

玄
燕京《えんけい》
七曲山脈《ななまがりさんみゃく》
大河《たいが》
西冬
蘭陽《らんよう》
敬陽《けいよう》
子柳《シリュウ》
玄の勢力範囲
大運河
臨京《りんけい》
西域《せいいき》
武徳《ブトク》
鷹閣《ヨウカク》
栄
南域《なんいき》

序章

「皇宮で幾度となく噂《うわさ》には聞いていましたが、想像以上に酷《ひど》いですね。宰相、林忠道《リンチュウドウ》が捕えられ、【玄《ゲン》】との講和が破談になって僅か半年でこのような……」

どんよりとした曇り空の下、大陸を南北に貫く大運河を航行する軍船上で、私——【栄《エイ》】帝国皇帝の腹違いの妹である光美雨《コウミウ》は沿岸の惨状に、思わず言葉を喪《うしな》いました。

首府『臨京《リンケイ》』を守る難攻不落を謳《うた》う水塞群。

その最前線の陣は焼け焦げ、軍旗も燃え落ちています。兵達の動きも緩慢であり、敗残の兵にしか見えません。

理由は察しがつきます。

【護国《ごこく》】張泰嵐《チョウタイラン》様の処刑がこれ程までに士気へ大きな影響を与えて……。

私は、西域出身の亡《な》き母が唯一遺《のこ》してくれた胸の守り袋を握り締めます。

あれ程までに張《チョウ》家が守り続けた北辺都市『敬陽《ケイヨウ》』は既に陥落。

敵主力は兵を休ませているのに、我が国はなすすべなく領土を侵食されている。

兄上が奸臣《かんしん》、林忠道《リンチュウドウ》の讒言《ざんげん》を拒絶されていればこのような事態にはっ！

目を固く瞑《つぶ》り、激情に耐えます。

それでも……それでも、この衰亡の国を救えるのは栄《エイ》帝国皇帝の決断のみ。

今日見聞したことを必ず、寵姫《ちょうき》から引き離してでも兄上へお伝えしないと。

齢《よわい》十四の私に出来ることは限られていても、行動しなければ無理を言って皇宮を抜け出した意味がありません。

「姫様、私の後ろにお下がりください」

「芽衣《メイ》……」

皇族のみに許される金黄色の袖を引いたのは、亡き母の時代から仕えてくれている護衛兼年上の親友でした。

私と同じ外套《がいとう》姿の短い茶髪の少女が頭を振ります。

「此処《ここ》はもう戦場なのです。何処《どこ》に敵兵が潜んでいるのか分かりません。姫様に万が一のことあらば、国難になりかねません」

「……そう、ね。ありがとう」

礼を述べ、私は薄黒茶の前髪を白い手で弄《いじ》りました。

皇族の一人として、本当の戦況を知りたい――その気持ちに偽りはありません。

ですが、芽衣《メイ》の言う通り、今や都近くの大運河上であっても安心は出来ません。

五十余年前――大河以北を栄《エイ》より奪った北方の騎馬民族国家【玄《ゲン》】は、恐るべき【白鬼《はっき》】に率いられ、この国を、私の故国を滅ぼそうとしているのですから……。

深く息を吸い、振り返ります。

「岩《ガン》将軍、戦況の説明をしていただけますか?」

「はっ! どうぞ、こちらへ」

古めかしい兜《かぶと》と鎧《よろい》を身に着けた歴戦の将――臨京《リンケイ》守備を担《にな》う岩烈雷《ガンレツライ》は仰々しく胸を叩《たた》き、狭い船室へと私達を導きました。

木製扉が閉まるや、烈雷《レツライ》は大陸の絵図を広げます。

「皇帝陛下より『臨京《リンケイ》』を守護せし水塞群と大水塞を預かった身として忸怩《じくじ》たるものはあるものの……現状を包み隠さず申せば、我が軍は圧倒的な劣勢下にあります」

年齢は五十余と聞く将は、右手の太い指で幾つかの地を強く叩きました。手首には、子供が作ったかのような木製の腕輪が嵌《はま》っています。

「張家軍《ちょうかぐん》が【白鬼】の侵攻を食い止めた『敬陽会戦《ケイヨウ》』。そして……張泰嵐《チョウタイラン》様の不当極まる処刑から早半年っ。この間に喪われた州は『湖洲《コシュウ》』『安州《アンシュウ》』『平州《ヘイシュウ》』の三州にも及び、大河を渡河した敵軍は北方より日々我が国を侵食しつつあり、予断を許しませぬ」

船体が軋《きし》みました。都への帰路についたのでしょう。

烈雷《レツライ》の指が動き、北辺の都市で止まりました。

「今や敵の一大策源地となった『敬陽《ケイヨウ》』からも、大運河沿いに築かれた我が方の水塞群へ襲撃部隊が送り込まれています。捕虜によれば、指揮を執っているのは『千算《せんさん》』なる鬼謀の軍師とか。『敬陽《ケイヨウ》』『臨京《リンケイ》』間において、我が軍の力が及ぶのは精々半ばでございましょう。恥ずかしき話ながら脱走する兵も後を絶ちませぬ。……別軍にいた我が愚息は、こうなることを以前より予測しておりましたが『張《チョウ》将軍を軽んじるこの国に未来なぞないっ！』と、一年程前に、本人も逃げ出してしまい申した」

心臓が激しい痛みを発します。

嗚呼《ああ》！【張《チョウ》護国】様が、張家軍が健在ならばこのようなことにはっ‼

瞳に抑え難《がた》い激情を湛《たた》えながらも、烈雷《レツライ》は絵図に目を落としました。

「臨京《リンケイ》北方に布陣している軍は水塞群と大水塞を中心に五万程。若年と老年の兵多く、士気も練度も決して高くはございませぬ。大運河及び『子柳《シリュウ》』から南進する敵軍に対抗するには、何もかもが足らず……禁軍《きんぐん》の支援を懇願したのですが、断られました」

私は手を伸ばし、南方と西に指で円を描きました。

【玄《ゲン》】だけでも危機的状況なのに、【栄《エイ》】は他にも内憂を抱えているのです。

「禁軍の半数は、宰相代理と副宰相に説得された、兄上の勅命により先日、都を離れ南方へ向かいました。使者を殺害し、南域で蜂起した徐《ジョ》家を討つ為《ため》です。西域の宇《ウ》家は唯一の街道がある狭隘《きょうあい》な『鷹閣《ヨウカク》』を固く閉ざし、使者を追い返して沈黙を貫いているとも」

「「…………」」

烈雷《レツライ》と芽衣《メイ》が顔を強張《こわば》らせました。

近くにあった、説明用の黒石を絵図に置いていきます。

「我が国を構成する十州二域の内――三州は【玄《ゲン》】の手に落ちました。南域は【鳳翼《ほうよく》】の遺児、徐飛鷹《ジョヒヨウ》が。西域は沈黙中の宇《ウ》家の手にある」

幼い頃に亡き母から聞いた、前線の兵達が酒席でこぞって叫ぶという決まり文句が脳裏を過《よぎ》りました。

『我等に天下の【三将】ありっ！【白鬼】『四狼《よんろう》』、何するものぞっ‼』

【鳳翼】徐秀鳳《ジョシュウホウ》。【虎牙《こが》】宇常虎《ウジョウコ》。そして――【護国】張泰嵐《チョウタイラン》。

今や栄《エイ》には誰もいません。

胸の守り袋を握り締める手と声が震えます。

「半年です。僅か……僅か半年で、我が国の領土は実質的に半減してしまいました。しかも、廟堂《びょうどう》の混乱は私のような小娘の耳にすら届く程です」

突然の強風が船を大きく揺らし、絵図上の黒石を床にぶちまけます。

「長きに亘《わた》って、我が国を支え続けてくれた老宰相、楊文祥《ヨウブンショウ》様は徐飛鷹《ジョヒヨウ》によって暗殺。その後、張泰嵐《チョウタイラン》様を無実の罪で殺害してまで【玄《ゲン》】との講和を図ろうとした林忠道《リンチュウドウ》も『敬陽《ケイヨウ》』へ出向いたきり行方知れず。宰相代理や副宰相は右往左往するばかり……。【白鬼】アダイ・ダダの声望は今や宮中にすら届いているのにです」

「……姫様」

後ろから芽衣《メイ》が小柄な私の身体《からだ》を支えてくれました。

私は肩越しに謝意を示し、目の前の将へ懇願します。

「岩《ガン》将軍、教えてください。どうすれば……どうすれば、この国を救えるのでしょうか？」

船内に重い沈黙。

暫《しばら》くして、烈雷《レツライ》は静かに頭を振りました。

「……姫様、申し訳ありませぬが、某《それがし》のような武辺者には分かりかねます」

叩き上げの将は何かに耐えるように、短剣を握り締めます。

鞘《さや》からは悲鳴じみた軋《きし》む音。

「それを分かっていたのは、楊文祥《ヨウブンショウ》様であり、【鳳翼】徐秀鳳《ジョシュウホウ》様であり、【虎牙】宇常《ウジョウ》虎《コ》様であり――」

刃《やいば》よりも鋭い眼光で理解します。

――この男が未《いま》だ前線に立ち奮闘しているのは、【栄《エイ》】の、皇帝家の為ではない。

「【護国】張泰嵐《チョウタイラン》様でありましたっ。あの御方が健在ならば、我等は三州を喪うことも、西と南の離反者に怯《おび》えることもなかったでしょう。いえ、先の決戦時、後数万……せめて数千の兵を送り込めていればっ！　我等は【白鬼】を討てていたかもしれませぬ」

「……………」

私は言葉を発せません。発する資格がありません。

国の守護神を殺す愚かな決断を下し、処刑の命令書に【玉璽《ぎょくじ》】を捺《お》したのは……私の兄なのです。兜を外し、白髪交じりの頭を掻《か》いた烈雷《レツライ》が穏やかに微笑《ほほえ》みました。

「ですが、最早《もはや》それは永久に叶《かな》いませぬ。…………叶わぬのです。そして、叶わぬことを考える余裕は、この国にもう残されていないと愚考致します」

「…………」「……美雨《ミウ》様」

芽衣《メイ》が心配そうに私の名前を呼びますが、応えられません。

辛《かろ》うじて目で応じ、叫びたくなる程の浅慮に恥じ入るばかりです。

——どうすればこの国を救えるか？

国を救い得た得難《えがた》き人々を殺しておいて、何て言い草っ。

古めかしい短剣を鞘ごと腰から引き抜き、烈雷《レツライ》が目を細めました。

「若かりし頃——某は、張《チョウ》将軍の副将であり大河を守る『白鳳城《はくほうじょう》』にて勇壮な戦死を遂げられた老礼厳《ライゲン》様の従者を務めておりました。この短剣は敬陽《ケイヨウ》を去る際、礼厳《ライゲン》様より餞別《せんべつ》として賜った物であります。私が今このような立場となり、姫様と会話出来ておるのも、張《チョウ》将軍と礼厳《ライゲン》様の推挙を受けた故なのです。にも拘《かか》わらず、あの方々から受けた大恩！　塵《ちり》の一粒も返せず、この歳《とし》になってしまいました……」

そこまで言い終えるや、義将は背を私達に。

鍛え上げられた身体が激しく震え、滂沱《ぼうだ》の涙が床に零《こぼ》れ落ちていきます。

「半年前、己が地位をっ！　一族をっ！　その悉《ことごと》くをかなぐり捨てっ、一兵へと立ち戻り敬陽《ケイヨウ》に馳《は》せ参じていればっ！　せめて……せめて、張《チョウ》将軍をお救いする為、行動していればっ！　……一時は自裁も考えましたが、泰嵐《タイラン》様の愛娘《まなむすめ》であられる白玲《ハクレイ》様、張《チョウ》家の武威を若くして体現しておられたと伝え聞く隻影《セキエイ》様の行方も知れぬ状況では。『鬼礼厳《ライゲン》』

様に怒られてしまいまする」

張泰嵐《チョウタイラン》様の処刑前夜、皇宮の裁判府が燃え落ちました。

しかも――【龍玉《りゅうぎょく》】と呼ばれ、神聖視されていた巨大な黒石が鋭利な刃で切断されて。

為《な》したのは張《チョウ》家の者達と噂《うわさ》されています。

結局、張《チョウ》将軍の救出は叶わなかったのですが……。

己の死をとっくの昔に決意している義将が振り返り、短剣を胸に押し付けました。

朗らかな笑みと共に、悲壮な覚悟を示します。

「かくなる上は、最後の最後まで戦い抜きっ！『某、恩知らずな身の上ながら、精一杯戦い申したっ‼』と、冥府にて、泰嵐《タイラン》様と礼厳《ライゲン》様、先に逝《い》った戦友達へ詫《わ》びる他はございませぬ。――ただただ死戦を覚悟するのみ！　先程の『どうすればこの国を救えるのか？』という問いへの回答、これでご理解いただけましょうや？　光美雨《コウミウ》様」

＊

「姫様、急ぎませんと。陽が落ちる前に皇宮へ入れねば、騒ぎになってしまいます」

「……分かっているわ、芽衣《メイ》」

夕刻前に臨京《リンケイ》の外れの水路へと辿《たど》り着いた私は、焦《あせ》る親友へ答えました。

私は皇族であっても何の権限もない小身に過ぎません。これからいったいどうすれば。

考え続けながらも年上の親友に手を引かれ小舟を降り、整備された岸へ。

ここから皇宮まではかなり距離があります。急がないと。

何とか気を取り直し周囲を見渡すと、私達が乗って来た小舟とは別の、やや大きな舟が郊外へ出て行く所でした。船上には大きな荷物を持ち泣いている女子供が多く、岸や近くの小橋で見送る大半は男と老年ばかり。

……夜間の航行は禁止な筈《はず》。もう陽が落ちるのに今から船を？

しかも、あの悲愴《ひそう》感や恐怖しかない目は。

「美雨《ミウ》様？」

「芽衣《メイ》、あの舟に乗っているのはどういった人達なのかしら？」

親友が怪訝《けげん》そうに私の顔を覗《のぞ》き込みました。

ちらり、と確認し見解を示してくれます。

「御存じの通り、都は舟の往来が大変多うございます。出航遅れの一艘《そう》かと」

「……そうかしら」

納得がいきません。

舟が見えなくなると、群衆はすぐに散り始めましたが、小橋で話し込む外套《がいとう》姿の少女と女性が目に留まりました。少女は手に紙袋を持っています。

「え？　美雨《ミウ》様？」

衝動に突き動かされ芽衣《メイ》の手を引き、少女達に近づき声をかけます。

「もし、すいません」

橙色《だいだいいろ》の帽子を被《かぶ》り、栗《くり》茶髪を二つ結びにした、豊かな胸でありながら私よりも小柄な少女が振り返りました。後方の、長い黒髪で白と黒基調の服が良く似合う長身の美女も怪訝そうにしています。

小柄な少女が小首を傾《かし》げ、私を見つめました。

「ん～？　私ですかぁ？」

「はい。いきなり不躾《ぶしつけ》な質問なのですが……先程の舟に乗っていた方々は何処《どこ》へ行かれるのでしょう？　知っていたら御教え願えませんか？　お願いします、この通りです」

「！　ひ、姫……美雨御嬢様《ミウおじょうさま》っ⁉」

私は自然と頭を深々と下げていました。芽衣《メイ》の焦る声が耳朶《じだ》を打ちます。

皇族の礼儀作法としては異例かもしれません。

けれど——どうしても、知らなければならない。そう思ったのです。

「明鈴御嬢様《メイリン》」「静《シズカ》、大丈夫よ」

少女が黒髪の美女を抑える声が聴こえました。軽く肩を叩《たた》かれます。

「いいですよ。けど……取りあえず顔を上げてください。話し難《にく》いです」

「あ、ありがとうございます」

ゆっくりと顔を上げると、明鈴《メイリン》と呼ばれた少女は紙袋から美味《お》しそうな饅頭《まんじゅう》を取り出し、一口齧《かじ》りました。

「——はぁ、美味しい。あの子の饅頭が食べられなくなるのは大損失ですね〜。あ、あの人達は避難したんですよ。怖い怖い【白鬼《はっき》】が都へやって来る前に」

「「えっ!?」」

何でもないかのような口調で告げられた事実に、私と芽衣《メイ》は言葉を喪《うしな》ってしまいます。

都から……史上でも空前の繁栄を誇る栄《エイ》の首府から、民達がもう逃げ出している？　しかも、その理由が【白鬼】がやって来るから??　多くの民達はこの国をもう見限って？？？

私達が混乱する中、明鈴《メイリン》は饅頭を気持ちの良いくらい豪快に食べ終え、指を舐《な》めました。

——瞳にあるのは、信じられない位に深い知啓の光。

「大陸を南北に貫く大運河の連結点にあった『敬陽《ケイヨウ》』を喪ったことで、臨京《リンケイ》は『水の利』を大きく損ないました——致命的な程にです。宰相代理様に副宰相様、廟堂の方々はまだ気付いていないみたいですけど」

「明鈴《メイリン》御嬢様、水もお飲みください」

静《シズカ》と呼ばれた女性が白布で少女の指を拭い、竹筒を渡しました。

隣の芽衣《メイ》が私へ囁《ささや》きます。「（……気を付けてください。凄《すさ》まじい手練《てだ》れです）」

少女は水を飲み干すや小橋の欄干に腰かけ、足をぶらぶら。

「**『馬車よりも船の方が荷をより多く積める』**。この単純かつ強大な原理故に、今日まで『臨京《リンケイ》』は繁栄を謳歌《おうか》してきました。ですが、それももう終わりですね」

「終わり……？」

明鈴《メイリン》の言葉を繰り返し、私は呆然《ぼうぜん》としてしまいます。

この少女のことを私は何一つとして知りません。

ですが……その言葉の端々に、希望的観測に縋《すが》る皇宮ではなく、現実を冷徹に観察しながら都で生きる者の、確かな『血』が流れていることは感じ取れました。

陽が完全に落ち、闇が帳《とばり》を下ろし始めると、すぐ都の到《いた》る所に設置されている街灯や提灯《ちょうちん》に灯《あか》りがともされていきます。

何度見ても幻想的な光景。

紙袋が宙を飛び、黒髪の美女へ投げ渡されます。

「静《シズカ》も食べて。美味しいわよ」

「明鈴《メイリン》御嬢様、はしたないです」

なんなく紙袋を受け取った美女の小言に、明鈴《メイリン》は手をひらひら。

――双眸《そうぼう》が私へ戻ってきました。

「大運河からの物資供給はこの半年で激減しました。結果――物価は高止まり。治安も急速に悪化し、異国の船も着実に減っています。減った税収を確保する為《ため》、塩税を上げたのは大愚策でしたね。老宰相様はあれ程、塩賊対策に心血を注がれていたのに。結果、南方では、活動を再開した塩賊達の間に得体の知れない邪教も流行《はや》り始めているとか?」

「…………」

無意識に恐怖を覚え、芽衣《メイ》の袖を強く摑《つか》んでしまいます。

目の前の少女は、廟堂《びょうどう》に居並ぶ誰よりも……皇帝でありながら現実に耐えきれなくなり、寵姫《ちょうき》と過ごす時間が増え続けている兄よりも、この国の実情を理解している。

黒髪の美女に「そのような場所に座ってはいけません。隻影《セキエイ》様へご報告しますよ」と注意され、明鈴《メイリン》は舌を小さく出し小橋へ飛び降りました。

……『隻影《セキエイ》』？

橙帽子《だいだい》を直した少女が私とはっきり目を合わせ、淡々と結論を示します。

「きっと【白鬼】は自分の兵に『臨京《リンケイ》』を攻めさせる必要性すらありません。だって、封鎖していれば勝手に自壊するんですから。そこに加えて……張泰嵐《チョウタイラン》様の理不尽な処刑を、都の人々は忘れていません。【白鬼】は自分の心胆を寒からしめた救国の名将の死を大いに嘆き、敬意を払って『敬陽《ケイヨウ》』へと入城しなかった、とも聞いています。……いいですか、何処かのお姫様？　人々は**『アダイ・ダダは張泰嵐の死を嘆いた』**という事実をもう知っているんです。たとえそれが演技であったとしても、張泰嵐《チョウタイラン》様の御遺体を晒《さら》し辱《はずかし》めた皇帝陛下への不信は拭い難い、と私は思います。だから、逃げられる人から逃げているんですよ」

「……っ」「……美雨《ミウ》様」

思いっきり、頬を叩かれたような衝撃を受け、私は身体《からだ》をよろめかせました。

『人心の離れた王朝に、生き残りの路《みち》無し』

かの千年前の煌《トウ》帝国を生きた史上唯一の大丞相《じょうしょう》【王英《おうえい》】の言葉が脳裏で何度も、何度も響き続けます。

……甘かった。私が思う以上に事態は切迫していたっ。

芽衣《メイ》に支えられながら、明鈴《メイリン》と視線を合わせます。

「貴女《あなた》はいったい――……いえ、聞いても仕方ないことですね。御教示、大変有難《ありがと》うございました」

再び市井《しせい》の麒麟児《きりんじ》に深々と頭を下げると、饅頭入りの紙袋が差し出されました。

顔を上げて受け取り、私は目を瞬《しばたた》かせます。

「こうして話したのも何がしかの縁です。私の……今は遠くにいる最愛の旦那様ならば、きっとそう言われます！　私、こう見えて愛する殿方に影響される女なんです♪　それではまた何処かで、美雨《ミウ》姫様☆」

明鈴《メイリン》は薄《うっす》らと染まる頰に両手の指を当て、黒髪の美女と共に小橋を渡って行きました。私は紙袋を片手で抱きしめ、今の言葉を反芻《はんすう》します。

廟堂内の認識と、市井の人々の認識との大きな乖離《かいり》を知ることの出来た――『縁』。

私はこれを活《い》かさないといけない。

私の名前は光美雨《コウミウ》。栄《エイ》帝国皇帝の妹なのだから。

「美雨《ミウ》様」「芽衣《メイ》」

　年上の親友の憂いを帯びた瞳を見上げます。

　……巻き込んでしまう申し訳なさを覚えながら。

「近く兄上に諌言《かんげん》するわ。『臨京《リンケイ》』を、【栄《エイ》】を守り抜く覚悟があるのなら――」

　祝い事でもあったのか、後方から十数の花火が上がりました。

　それは美しく――とても儚《はかな》い。息を吸い、決意を伝えます。

「絶対に援軍が必要よ。徐《ジョ》家は無理にしても、使者を無事に帰してくれた宇《ウ》家ならば、私自身が出向けば交渉の可能性はあるかもしれないわ。それが……それこそが、精忠無比なる【張護国《チョウごこく》】を愚かにも殺してしまった、我が一族の責務だと思うの」

第一章

「隻影《セキエイ》様、目標の賊を視認しました。事前情報通り、数は約二百。剣、戦斧《せんふ》が主で弓、騎馬は極少数。軽鎧《けいがい》ばかりです」

樹木に隠れ、眼下の街道を警戒していた短い黒茶髪の少女――亡《な》き【虎牙《こが》】宇常虎《ウジョウコ》の一人娘であるオトが、頭の赤い布を揺らしながら報告してきた。

西域特有の民族衣装に軽鎧。手には金属筒を取り付けた竹の棒――火薬で小石や金属片を飛ばす『火槍《かそう》』を持ち、腰には剣。背には良く研いだ工具の円匙《えんし》を背負っている。

周囲に潜む宇《ウ》家の兵達がオトを見つめ、次いで俺へ咎《とが》めるような視線を送ってきた。兵達にとってオトは亡き主君の忘れ形見。たとえ本人が『宇虎姫《ウトラヒメ》』と名乗らずともそれは変わらない。だからか、俺に対して当たりが強いような。

「応！　オト、流石《さすが》だな」

それでも、俺――張《チョウ》家の拾われ子である隻影《セキエイ》は少女を心から称賛した。

半年前、【栄《エイ》】の愚帝と奸臣《かんしん》、林忠道《リンチュウドウ》によって【護国】張泰嵐《チョウタイラン》は首府『臨京《リンケイ》』で処刑。

憔悴《しょうすい》していた俺達を、宇《ウ》家の支配地である西域、その中心都市『武徳《ブトク》』へと導いてくれたのは、年下ながら頼りになるオトなのだ。

俺は黒の軍装を手で払い、眼下を見下ろした。

東側には人を寄せ付けない峻険《しゅんけん》な崖。俺達の潜む西側には鬱蒼《うっそう》とした森林。

そして、南に小さな石橋を持つ街道を賊がゆっくりと進んで来る。

ここ数ヶ月間、武徳《ブトク》周辺を荒らし回っていたという連中だが……顎に手をやり、戦力を評す。

「俺達が討伐してきた賊共よりも統率されているな。中央の戦斧持ちが……あ～」

「『虎殺し』を自称する子豪《シゴウ》という男です。軍人崩れで中原から流れてきたとも噂《うわさ》されていますが、詳細は不明。今まで幾度も我が家の討伐隊を破り、武徳《ブトク》だけでなく、西域の古《こ》廟《びょう》を荒らし回っています」

自然な動作で、オトが俺の下へ戻って来た。

……だからこそ、栄《エイ》の領土外ではあるものの、緩やかに従属している友好的な少数部族達から討伐を懇願されたってわけか。

「総員傾注」

オトと兵達の間に緊張が走った。

俺や張《チョウ》家長女の白玲《ハクレイ》、軍師の仙娘《せんこ》である瑠璃《ルリ》に付き従う、旧張家軍《ちょうかぐん》の精鋭達はこの場におらず、賊の後背を突くべく機動中だ。

なのに、何故《なぜ》か俺はこうして指揮官になっている。

千年前を生きた、煌《トウ》帝国の『大将軍』皇英峰《コウエイホウ》の記憶を朧気《おぼろげ》に持っているとはいえ、柄じゃないんだが……ま、オトの指名だしな。

腰に提げた【天剣《てんけん》】と称される双剣の一振り、【黒星《こくせい》】の鞘《さや》を叩《たた》く。

「そんなに気張るなって。全部、うちのおっかない軍師様の予定通りだ。なーに、相手は『虎殺し』らしいが、お前等が今まで相手にしてきた奴等《やつら》と比べれば産まれ立ての子犬みたいなもんだろ？　因《ちな》みに……俺はうちのお姫様の方がおっかない。秘密だぞ？」

兵達が失笑を漏らす。多少は緊張もほぐれたようだ。

オトも微笑し——凛《りん》とする。

「射程に入り次第、火槍、弓は射撃を開始。街道で賊の足を止め、背後を突かれる白玲《ハクレイ》様、瑠璃《ルリ》様の隊と挟撃、殲滅《せんめつ》する！　【玄《ゲン》】の狼《おおかみ》共と戦い、生き残った我等の強さ——驕《おご》る『虎殺し』へ見せつけてやりましょう」

『はっ！　オト様っ‼』

兵達が一斉に持ち場へつき、火槍と弓の準備を始める。

今まで散々嗅いできた、火薬の臭いが鼻をつく。

ここ三ヶ月、数多《あまた》の賊徒達を戦死者零《ゼロ》で討伐してきた連中だ。

どうこう指揮しなくても──

「お？」「え？」

俺とオトは思わず呟《つぶや》いた。

──峡谷で賊の隊列が停止している。

中央で馬に跨《また》がる巨漢の戦斧持ちが血相を変えて何事かを叫ぶや、賊が行軍速度を一気にあげた。狭い街道を突破する腹のようだ。

黒茶髪の少女が目を見開く。

「どうして……」

「火薬の臭いに気付いたか。鼻が利《き》く奴だな。──オト」

俺は弓を手に、傍《かたわ》らの黒馬『絶影《ぜつえい》』へひらりと跨った。短く指示。

「俺が先頭の足を止める。お前は瑠璃《ルリ》の策通り、横合いからの射撃で混乱をさせてくれ。音を聞けばすぐ白玲《ハクレイ》達も来る」

「せ、隻影《セキエイ》様っ⁉　だ、駄目──」「頼んだ！」

慌てる少女を置き去りにし、俺は愛馬を走らせた。

黒髪を風で靡《なび》かせながら森を飛び出すと、一気に視界が広がった。

賊が石橋を突破する前に街道へと躍り出す。

弓に矢を三本つがえ、振り向きざまに速射。

『～～～っ⁉』

必死に走って来る賊の肩を次々と射貫《いぬ》く。

続けざまに――十数人程を戦闘不能にした後、俺は小橋の前で愛馬を導く。

呆気《あっけ》に取られ、動きを停止させた賊達に話しかける。

「罠《わな》にいち早く気付いたのは誉《ほ》めてやりたいんだが」

殊更ゆっくりと矢を弓へつがえ、中央にいる額に黒い布を巻いた二十代後半と思《おぼ》しき男――『虎殺し』の子豪《シゴウ》と視線を交錯させ、揶揄《やゆ》。

「悪いな、お前等にはここで縛についてもらう。武器を捨ててくれれば命は取らない。いやまぁ……その後はどうなるか知らんが。ほら？　何せ廟荒らしだしな、お前等」

「ぬかせっ！」「小僧がっ！」「死ねっ！」「止《や》めろっ！」

数少ない馬を駆る三人の男が激高し、子豪《シゴウ》の制止を振り切り俺へ向かって突っ込んできた。手に持っているのは戦斧や金属製の棍棒《こんぼう》。……遅いな。

容赦なく矢を放ち、接近をさせないまま、肩を、腕を、腿《もも》を射貫く。

『ぎゃっ！』『っ！？！！』

悲鳴をあげ、その場に転がった男達を見て賊達が分かり易《やす》く怯《ひる》む。

「止めとけ、止めとけ。お前達じゃこの距離は突破出来ないって。――それに」

雷のような轟音《ごうおん》が響き渡る。オト達が火槍による射撃を開始したのだ。

弓よりも有効射程は短く、命中率にも劣る為《ため》、倒れた賊はいないが……。

「～～っ」「ち、畜生っ！」「な、何だ!?　何なんだ、こいつはっ！」「も、もう駄目だ」

「宇《ウ》家の連中は仙術を使いやがるのか？」「お、おい、どうすんだよっ!?」

音は戦場において、恐怖を拡散する。

続けざまの射撃で幾人かが負傷し、運んでいた木箱等を打ち砕かれて賊達の間に混乱が伝わっていく。

死戦場を乗り越えたオトと宇《ウ》家の精兵達は火槍の『力』を理解している。

この分なら、俺は楽を出来そう――子豪《シゴウ》が自分の身に着けている栄《エイ》軍の正式鎧を思いっ切り叩き、巨大な楯《たて》を手にして咆哮《ほうこう》した。

「楯を寄越《よこ》せっ！　俺が突撃するっ!!　てめえらっ、援護しろっ!!!」

『！　お、おおっ!!』

頭領の檄《げき》を受け、賊達の士気が多少回復。

俺やオト達へ矢を放ち始めると、子豪《シゴウ》は犬歯を剝《む》き出しにし、馬を走らせ始めた。

こいつ、前線で戦う将の役割――『兵を鼓舞する』を知っていやがる。中原の軍人崩れって話は本当か。

矢を更に速射し、子豪《シゴウ》と弓を持つ賊、俺に当たりそうな矢を狙い撃つ。

全ての矢が狙い違《たが》わず、楯に突き刺さり、弓の弦を切断し、空中の矢を落とす。

「と、飛んでる矢を狙って落としてやがるのか……？」「ば、化け物だっ」「な、何なんだ、こいつはっ⁉」「黒髪紅眼に腰の黒剣……ま、まさか、こいつが張《チョウ》家のっ！」

機を合わせ、火槍と弓の一斉射撃。

再び賊達の士気が崩壊していく中、楯を放り捨てた子豪《シゴウ》は戦斧を両手に持ち替え、振り下ろしてきた。

「おらぁぁぁぁっ！！！！」「おっと」

愛馬の手綱を引いて躱《かわ》し、後方を確認する。

弓を喪《うしな》った賊達に対しオト達も姿を現し、距離を詰め始めた。良い機だ。

満足していると、左腕に血を滲《にじ》ませた子豪《シゴウ》が怒号を発した。

「急所を狙わねぇ、矢が効くかよっ！」

「バレたか。胸甲を加工した矢除《よ》けの楯とは面白いもんを作ったな、っと」

捕まれば、自分が破滅することを理解しているらしい盗賊の頭領は、必死の形相で馬を走らせてくるも、『絶影』の脚がそれを許さない。

振るわれる戦斧は空を切るばかり。

反撃の矢が頭の布の結び目を吹き飛ばし、淡い黒髪が露《あら》わになる。

「くっ！　ちょこまかとっ‼」

頭に血が上ってきていやがるな。俺は橋の半ばまで後退し、からかう。

「お前、それだけの腕で、どうして賊なんてやってるんだ？　宇《ウ》家軍とかに入らないか⁇

絶賛人材不足中みたいなんだが」

「**黙れぇぇぇっ！**」

怒りで顔面を真っ赤にした子豪《シゴウ》が、馬をけしかけようとした――正にその時、

『っ⁉』「お～来たな」

銅鑼《どら》の音が鳴り響いた。

宇《ウ》家軍の猛攻を受け、気息奄々《きそくえんえん》といった様子の賊達の後方に巨大な軍旗が翻《ひるがえ》る。

――『張《チョウ》』。

直後、数百の騎兵が雄叫《おたけ》びを上げながら、突撃を開始した。

子豪《シゴウ》が目を見開くと右手の袖から、子供が作ったかのような木製の腕輪が覗《のぞ》く。

「あ、あの軍旗……ま、まさか、ち、張家軍だとっ⁉」

「悪いな、俺は単なる時間稼ぎ役だ」

総指揮官なのに、【黒星】と対を為《な》す【白星《はくせい》】を抜き放ち、騎兵の先頭を駆けている銀髪蒼眼《そうがん》の美少女を見やりつつ叫ぶ。

「もう一度言う——武器を捨てろっ！　罪は償わせるが、この場で命は取らない」

『…………』

依然として火槍《かそう》と弓の激しい射撃に曝《さら》され、荷馬車や木箱に隠れていた盗賊達が顔を見合わせる。もう一押しか。

頭上で戦斧《せんふ》をぶんぶんと振り回しながら、子豪《シゴウ》が突っ込んで来た。

「お前を殺せば、橋は抜けられるっ！　腑抜《ふぬ》けの矢如《ごと》きで俺を倒せると思うなぁぁぁっ‼」

「――……仕方ねぇなぁ」

風を斬り裂きながら大上段に振り下ろされる戦斧に対し、

「っ⁉　馬鹿な、がっ！」

俺は弓を頭上に放り投げ、腰から片手で【黒星】を一閃《いっせん》！

――戦斧の穂先が宙を舞い、光を反射させた。

即座に剣の柄《つか》で鳩尾《みぞおち》を突き、呆《ほう》けた子豪《シゴウ》を落馬させ、弓を左手で取って名乗る。

「我が名は張隻影《チョウセキエイ》っ！　【張護国《チョウごこく》】の息子なりっ‼　最後だ。投降しろっ!!!」

『～～～っ！？！！！』

賊達の士気が完全に崩壊し、武器を捨て、地面に這《は》いつくばった。

親父《おやじ》殿の威光は西域でも健在だな、うんうん。

俺が誇らしさを覚えていると、オトが馬を走らせてきた。後方の兵達は子豪《シゴウ》を取り囲み、縄で捕縛していく。

「捕虜は殺すなよー？　盗んだ物の在処《ありか》を吐かせないとだからな。負傷者の手当には万全を――……えーっと、オト、さん？　この紐《ひも》はなんでございましょうや？」

今回も、宇《ウ》家の血筋として見事な指揮ぶりを見せた年下の少女は、黙ったまま馬を寄せるや、俺の左手首に黒の紐を結び付けた。

自分の円匙《えんし》と火槍を背負い、お澄まし顔で説明してくれる。

「白玲《ハクレイ》様、瑠璃《ルリ》様から『**隻影《セキエイ》が馬鹿なことをしたら**』『**これで縛って、連行しなさい**』と。言わずもがなですが……私も少々怒っております」

「な、んだと？」

兵達へきびきびとした様子で指示を出す銀髪の美少女へ視線を向ける。

相当の距離があるのに、あっさりと気付かれ目が合った。唇が動く。

『後でお説教です。逃げないように』

張白玲《チョウハクレイ》、怖い。

…………に、逃げてぇ。

白玲《ハクレイ》に少し遅れて馬を走らせて来た、青い帽子と衣装が印象的な金髪翠眼《すいがん》の少女——自称仙娘《せんこ》にして、俺達の軍師である瑠璃《ルリ》へ目で救援を乞うも、軽く手であしらわれた。

『あんたが悪いわ。諦めなさい』

うちの軍師様も酷《ひど》い。

俺はげんなりし、【黒星《こくせい》】を鞘《さや》へと納めた。

「……くっくっくっ」

兵達に取り押さえられた子豪《シゴウ》が、くぐもった嘲笑を零《こぼ》した。

顔を無理矢理上げ、俺へ罵倒を浴びせる。

「謀反《むほん》人【張《チョウ》護国】の遺児共がこんな鄙《ひな》の地まで落ち延びて、再起でも期すつもりか？　はんっ‼　笑わせるんじゃねぇよっ‼　お前達は負けたんだっ！！！！」

「貴様っ！」「オト、落ち着け。……ありがとうな」

俺に代わって、怒りを叩《たた》きつけようとしてくれた少女に礼を言う。

馬を降り、鞘ごと【黒星】を引き抜き、

「ま、大体はあってる。俺達が敗残兵なのは間違いない。……だがな」

子豪《シゴウ》の前に思いっきり突き刺し、瞳を間近で覗き込む。

すると、盗賊の顔から血の気がなくなり、滝のような冷や汗が零れ落ちていく。

「白玲《ハクレイ》の前で親父殿を蔑んだら──殺す。そんなことを俺にさせないでくれ、な？」

「…………」

戦意を完全に喪い、ガタガタと震える子豪《シゴウ》の肩を叩き、俺はオトへ目配せ。

察しの良い黒茶髪の少女が背筋を伸ばし、兵達へ命令する。

「皆、御苦労様でした！　賊共を捕縛後、『武徳《ブトク》』へと帰還しましょう。捕虜への危害は厳に禁止とします。宇《ウ》家と張《チョウ》家の名誉、汚《けが》すことなかれっ‼」

＊

「まったくっ！　目を離すとすぐにこれです。貴方《あなた》は今回の作戦前に私へこう言いましたよね？『無理無茶は絶対にしない。大人しくしておく』と。それがどうですかっ！　私がいない時に単騎で賊を止めるなんて——……隻影《セキエイ》！　聞いているんですかっ⁉」

西域の中心都市『武徳《ブトク》』。俺達が滞在している宇《ウ》家の広大な屋敷《やしき》。

その独特な紋様や細工の施された廊下に、張白玲《チョウハクレイ》の不機嫌そうな声が轟《とどろ》いた。

長い銀髪を緋色《ひいろ》の紐で結い、着ている服はオトと色違いで、白と蒼《あお》基調の民族衣装。腰の【白星】が荒々しく音を立てる。

俺は両手で、今にも詰め寄ってきそうな幼馴染《おさななじみ》の美少女を押し止《とど》める。

「聞いてる、聞いてる。そ、そんなに怒るなよ。事情が多少変わったんだって」

「そ・れ・が！　話を聞く態度ですか？」

刃《やいば》のように鋭い蒼眼が俺を容赦なく貫く。

目を逸《そ》らし、左肩に乗った黒猫のユイを撫《な》でている、金髪翠眼の少女へ救援を請《こ》う。

「瑠璃《ルリ》、瑠璃《ルリ》様。神算鬼謀な軍師様！　何卒《なにとぞ》、この憐《あわ》れな地方文官志望をお助けください。怒れる張白玲《チョウハクレイ》様をどうにかこうにか宥《なだ》める知恵を……」

「はぁ？　助けるわけがないでしょう？」

左目を前髪で隠した少女は冷たく拒絶し、黒猫を俺へ差し出してきた。

受け取ると数歩先へと進み、青の髪紐で結んだ金髪を躍らせながら、淡々と毒づく。

「別に策が乱れても、挟撃をかければ何の問題もなかったわ。なのに――あんたは単騎で止める手を選んだ。お説教は覚悟の上だったと理解しているけれど？」

「ぐぅ」

完全に見透かされていて何の反論も出てこない。

近寄って来た瑠璃《ルリ》が背伸びをして俺の右頬を、背中に回り込んだ白玲《ハクレイ》が左頬を人差し指で突《つつ》いてくる。

「白玲《ハクレイ》も私も、別にあんたが賊程度に不覚を取る、なんて思っちゃいないわよ。だけど
――それを私達がいない局面でするのを止《や》めろ！　って言っているの。分かるかしら、自称地方文官志望な張隻影《チョウセキエイ》さん？」

「付き合わされるオトさんの身にもなってください。あの方、物凄《ものすご》く真面目なんですよ？『武徳《ブトク》』に着くまでの間、何度私達に頭を下げられたと？」

「……ハイ。すいませんでした……」

俺は力なく謝罪の言葉を口にし、両手を軽く掲げ全面降伏した。

麒麟児《きりんじ》と神算鬼謀の仙娘に敵《かな》うわけがないのだ。

「瑠璃《ルリ》様、白玲《ハクレイ》様、隻影《セキエイ》様、お待たせしました！」

噂《うわさ》をすれば何とやら。軽やかな足音と共に黒茶髪の長身少女が、後方から駆けてきた。

手には小袋を持っている。

軍功と快活な性格から、武徳《ブトク》では『次期宇《ウ》家頭領！』と抜群の人気なんだが……。

「そんなに走らなくても大丈夫よ」「オトさん、お疲れ様です」

「はいっ！」

オトの背中でパタパタと揺れる尻尾が幻視出来る。

この二人の前だと、『虎』というより『子猫』だな、うん。

「お疲れ。そいつは？」

ようやく白玲《ハクレイ》達から解放された俺は黒猫を左肩へ乗せ、オトへ話しかけた。

すると、黒茶髪の少女はきびきびと小袋から中身を取り出す。

──手に乗っているのは、酷い汚れのついた小箱。

「子豪《シゴウ》が隠し持っていた品です。他は銀子や宝石等だったのですが……これだけは不可思議だったのでお持ちしました。尋問したところ、名も無き朽ちた廃廟《はいびょう》で入手したものの、戦斧を叩きつけても開錠出来なかったと」

「戦斧でも開かない小箱、ですか……」

「古廟って時折出て来るのよね、得体の知れない物が。あんた達の【天剣《てんけん》】みたいに」

白玲《ハクレイ》が不思議そうに小首を傾《かし》げ、瑠璃《ルリ》が怪異に出会ったかのような顔になる。

確かに【黒星】と【白星】は落ちた星で打たれた武器なんだが……普通の剣だ。

恐ろしく頑丈で、どれだけ戦おうが刃毀《はこぼ》れ一つ付かず、斬れ味も鈍《にぶ》らないが、巷《ちまた》で流布《るふ》される『手に入れた者は天下を統《す》べる』なんて力はない。

うちの軍師様は下手に知識があるせいか、物事を大袈裟《おおげさ》に捉えがちだ。言わないが。

「よっと」

俺は指で小箱を弾《はじ》いてみた。

――微《かす》かに鋼鉄や銅とは異なる耳馴染《なじ》みのない金属の音が響く。間違いないな。

「この高い音。おそらくは材料は落ちた星だ。並の武器なんかじゃ斬れないな。『鍵』が必要だと思うぞ。【黒星】で試してもいいが、中身まで斬っちまいそうだ」

千年前の俺や大丞相《じょうしょう》、王英風《オウエイフウ》と共に、大陸北方で今も聳《そび》える桃の大樹前で天下統一を誓った煌《トウ》帝国初代皇帝、飛暁明《ヒギョウメイ》ならばもっと詳しく知ってただろう。あいつは、様々な材料を用いた武具や道具作りに熱心だった。

ただ、あの頃でもこんな小箱は見た記憶がない。

前世の俺が『老桃《ロウトウ》』で死んだ後に作られた物か？

つらつらと考え込んでいると、少女達が俺へジト目を向けていた。

「「「………」」」

「な、何だよ？」

再び白玲《ハクレイ》と瑠璃《ルリ》の指が伸びてきて、俺の両頬を突いてくる。

「隻影《セキエイ》、何処《どこ》でそんな知恵を得たんです？　……どうせ、明鈴《メイリン》絡《がら》みでしょうけどっ！」

「あんたも時折変な知識持ってるわよね。さ、とっとと白状しなさい」

「――……いや、どっかで読んだ、ぞ？」

まずったっ！　こうやって、前世では当たり前だったことを、何でもないかのように話

してしまうのは、俺の悪癖なのだ。

俺達の様子を見守っていたオトは小箱を袋へ入れ直し、差し出してきた。

「此方《こちら》は隻影《セキエイ》様にお渡ししておきます。御祖母様《おばあさま》からも『出所不明の宝はあいつ等に渡しな』と命じられておりますので」

「えー、いらない、ぐっ」

断る前に、白玲《ハクレイ》と瑠璃《ルリ》の肘が俺の鳩尾《みぞおち》に軽く叩きこまれた。

……あ、恥をかかすな、ですね。承りました。

目でオトへ謝意を示し、袋を受け取る。

「じゃあ……預かっておく。必要になったらすぐ言ってくれ」

「そんなことにはならないと思います。皆様に恩義を返すのは私の方なので」

「……もう十分返してもらってるからな？」

ぽんぽんとオトの肩を叩く。真面目過ぎるのも考え物だ。

俺は黒猫を降ろし、少女達へ向き直る。

「さて、この後は――」

言い終える前に、礼服姿の男が奥から姿を現した。

薄黒の髪と瞳。背は俺より低いものの細身で眉目秀麗《びもくしゅうれい》。

だが、険しい表情が全てを台無しにし、三十路《みそじ》前にしては疲労も色濃い。

——この男の名前は宇博文《ウハクブン》。

宇《ウ》家の長子にして、本妻の息子だ。

つまり、オトの腹違いの兄であり、宇《ウ》将軍亡《な》き後、宇《ウ》家の内政を担当する切れ者でもある。武才はないらしい。

博文《ハクブン》は巻物を見ながら大股で俺達の方へと進み、やがて気付くや吐き捨てる。

「ふんっ。此度《こたび》も生きて還《かえ》ったのか、張《チョウ》家の厄介者共が」

……なお、口も悪い。

都を脱出し、武徳《ブトク》へと落ちた際も、俺達の受け入れに最後の最後まで反対していたと聞いている。単純に考えれば『反張《チョウ》家派』というやつだ。

沈黙した俺達に対し、オトが食ってかかる。

「兄上、そのような物言いは聞き捨てなりません！　隻影《セキエイ》様達は宇《ウ》家の大切な恩人です。どうまして、疲弊の激しい我が軍が対応出来なかった賊の掃討に尽力されたのですよ⁉　して、顔を突き合わせる度にけなされるのですっ‼」

「……黙れ、オト。立場を弁《わきま》えろ」

苦々しく妹を叱責し、博文《ハクブン》が俺を睨《にら》みつけてきた。

瞳の奥にあるのは――拭い難《がた》い恐怖。

「この者達の存在は西域に災厄を齎《もたら》す。【玄《ゲン》】にとって【張護国《チョウごこく》】は仇敵《きゅうてき》であり、【栄《エイ》】もまた叛逆者《はんぎゃく》だとしているのだ。何時《いつ》攻める口実にされるか、分かったものではない」

「**貴方はっ！！！！！**　むぐっ」

掴《つか》みかかろうとしたオトの口元を押さえ、俺は前へと出た。

ニヘラ、と笑って博文《ハクブン》へ頼む。

「あ～……取りあえず、だ。頑張った兵達へ美味《うま》い飯と酒を出してもらっていいか？　戦死者は出なかったが、相応に激しい戦いだったんでな」

宇《ウ》家の御曹司は顔を歪《ゆが》め、幾度か言葉を発しようとし肩を怒らせ――目を伏せた。

苛立《いらだ》たしそうに歯を食い縛る音の後、返答をくれる。

「……貴様なぞに言われずとも、準備済みだっ」

そう言い捨てるや、次期宇《ウ》家当主は歩《あゆみ》を再開し去って行った。

生真面目な所は妹にそっくりだ。兵達を飢えさせない貴重極まる人材なところも。

飯と酒の準備を整えてたのは、嫌々だろうと俺達が負けることなんて微塵《みじん》も――腕に衝撃。口を押さえたままのオトが軽く叩《たた》いてきたのだ。白玲《ハクレイ》の眼《め》が怖い。瑠璃《ルリ》は笑うな。

手を外すと、すぐさま黒茶髪の少女に頭を下げられる。

「ぷはっ――……あ、兄が申し訳ありません。しかし！　隻影《セキエイ》様達が宇《ウ》家の大事な客人であることは御祖母様も認めておられます。家中の者達も『武徳《ブトク》』の民達も、盗賊討伐に深く感謝を。亡き父母に誓って嘘《うそ》ではありませんっ‼」

「分かっています」「ほら、宇《ウ》家のお姫様が簡単に頭を下げないの！」

白玲《ハクレイ》と瑠璃《ルリ》は応じ、手を取る。

対して俺は黒猫がよじ登ろうとするのを防ぎ、淡々と博文《ハクブン》を評した。

「悪い奴《やつ》じゃないしなー。俺は自分の役割に忠実な奴、嫌いじゃないぜ？　宇《ウ》家の御曹司に武才がなくたっていいじゃねぇか。何せ――各州と切り離されても民と兵を飢えさせてない。大したもんだ。漢《おとこ》ならかくあるべしっ！　ってやつだな、うん」

「「「…………」」」

「な、何だよ？」

変な生き物でも見たかのように、三人娘の視線が俺へ集中。

瑠璃《ルリ》が額を押さえ、オトが白玲《ハクレイ》へ会釈《えしゃく》する。

「……自分が一番敵視されていて、その台詞《せりふ》？　白玲《ハクレイ》も大変ね」

「心から尊敬致します」

「もう慣れました。コツは気にしないことです」

「……おい、お前等様？」

そこまで変なこと言ってないだろうがっ⁉　……言ってない、よな？

やや不安になっていると博文《ハクブン》がやって来た廊下の奥から、白髪の老婆がやって来た。

幾度か会ったことのある、宇《ウ》家の現最高権力者付きの女官だ。

俺達へ黙礼し、紙片を黒茶髪の少女へと差し出す。

「御嬢様《おじょうさま》、此方を」

オトは素早く目を通し、頷《うなず》いた。

「――ええ、分かったわ」

老女官が廊下を戻って行く。

その背中を見送り終え、オトが俺達へ恭《うやうや》しく依頼してきた。

「隻影《セキエイ》様、白玲《ハクレイ》様、瑠璃《ルリ》様。御祖母様――宇《ウ》家当主代行、宇香風《ウコウフウ》様がお呼びです。一連の賊討伐の功を称するのと、中原の情勢について相談したい、と。戦場より帰ったばかりなところ、心苦しいのですが、お付き合い願えますか？」

＊

宇《ウ》家屋敷《やしき》の最奥《さいおう》。

内庭に設けられた水路の音が聴こえてくる部屋の前で、俺達を先導してくれていた黒茶髪の少女が声をかける。

「御祖母様、オトです」

「――お入り」

飄々《ひょうひょう》とした女性の声が、かちゃかちゃという音と共に返ってきた。

オトはやや緊張した面持ちになり、俺達に先んじて部屋の中へ。

両隣の白玲《ハクレイ》と瑠璃《ルリ》へ目を向けると、背中を押された。左肩に乗っていた黒猫のユイまでもが瑠璃《ルリ》の腕の中へと飛び込む。

「隻影《セキエイ》、早くしてください」「待たせたらことでしょう?」

俺は『盾』代わりかよっ!

お澄まし顔の少女達と黒猫を睨みつつも、部屋に入る。

真っ先に飛び込んできたのは、西域で盛んな盤上遊戯――双六《すごろく》が広げられている古びた机。近くには見事な細工の施された長椅子。棚に並ぶのは陶器製や、色硝子《ガラス》で作られた異国の酒瓶で、壁には煌《きら》びやかな灯《あか》り台が設置されている。

大きな丸窓の外には、峻険《しゅんけん》な山々と優美な段々畑が見て取れ、気持ちの良い風が室内を通り抜けていく。

「今回も無事戻ったようだね、張《チョウ》家の坊主《ぼうず》達。上々だよ」

部屋の片隅から、オトを従えて姿を現したのは、長い白髪を三つ編みにし、地味な色の民族衣装を身に着けた小柄な女性だった。

——名は宇香風《ウコウフウ》。

『西域にその人あり』と謳《うた》われた女傑にして宇常虎《ウジョウコ》将軍の母親。オトと博文《ハクブン》の祖母だ。

若い頃は大陸を放浪し、一時は張《チョウ》家に滞在していたこともあったとか。礼厳《ライゲン》と恋仲だった、と聞かされた時は嘘偽りなくひっくり返った。

軽く左手を振る。

「お陰様でな、婆《ばあ》さん。いや——宇《ウ》家当主代理にして、俺達を庇護《ひご》してくれた大恩人様と言った方がよろしいでしょうか？」

「はんっ。慣れないことはお止《や》め。私は所詮、老い先短い婆《ばば》に過ぎないんだ。頭を下げるのはこっちの方さ」

婆さんは楽し気に笑い、手に持つ数個の賽《さい》を空中に放り投げては取った。年齢は軽く六十を超えているらしいが……西域の食い物は、不老の効果でもあるんだろうか？　どう見ても四十代にしか見えない。

奥で香を焚《た》いていたらしい女傑が俺達を促す。

「おかけよ。茶でも淹《い》れよう。オト、手伝っておくれ」

「はい、御祖母様」

言われるがまま、俺は長椅子へ腰かけると、両隣に白玲《ハクレイ》と瑠璃《ルリ》も座り、膝上で黒猫が丸くなった。動き辛《づら》いんだが……。

棚から硝子製の茶入れを取り出しながら、香風《コウフウ》が俺達を称賛する。

「首尾は博文《ハクブン》から聞いているよ。手強《てごわ》い『虎殺し』を相手にして、今回もまた戦死者無し。大したもんだ。泰嵐《タイラン》坊と礼厳《ライゲン》が自慢するのも理解出来る。ああ、よく分からない小箱はあんたの物だよ。当座の褒美《ほうび》にしちゃ、まるで足りないがね」

白玲《ハクレイ》と瑠璃《ルリ》だけでなく、作業の手を止めたオトまでもが、ちらり、と俺を見てきた。博文《ハクブン》が詳細な報告を香風《コウフウ》にしていたことが、余程意外だったらしい。

ふっふっふっ……見る目は俺の勝ちだな！

仕草で勝ち誇ると、お姫様と軍師様に軽く頰を抓《つね》られた。手癖が悪《わり》い。

茶杓《ちゃしゃく》で急須へ茶葉を入れ、女傑が顔を顰《しか》める。

「本来、賊なんぞうちの家が討伐しなければならないんだが……知っての通り、主力は愚息と共に死んじまってね。戦える軍はあんた達が救ってくれたオト達と、動かせない『鷹《ヨウ》閣《カク》』の守備隊だけなのさ。宇《ウ》家当主代理として感謝するよ。これで、古廟《こびょう》や街道が荒らされることもなくなり、祖霊と民を安んじられる」

無謀極まる西冬侵攻《セイトウ》戦の傷は深い。完全に癒えるのは数年先となるだろう。

中原と西域とを唯一繋《つな》ぐ要害の地である『鷹閣《ヨウカク》』に、子飼いの将兵を残していった宇《ウ》将軍は、誰が何と言おうと慧眼《けいがん》だった。

「ただ飯を喰《く》らうわけにもいかないしな」「私達を匿《かくま》っていただきましたので……」

俺と白玲《ハクレイ》は本心で返す。

正直言って、宇《ウ》家に今の俺達を匿う利は乏しい。

本拠地である敬陽《ケイヨウ》は【玄《ゲン》】の手に落ち、精鋭と謂《い》えど手勢は数百に過ぎないのだ。

急須をオトへ手渡した女傑は、賽子《さいころ》を天井近くまで投げ、足を組んで目の前の椅子へ座った。落ちて来た賽子を鮮やかに受け止める。

「馬鹿な子達だねぇ。あんた達は……私の息子の最期《さいご》を教えてくれた。孫のオトと兵達を生かして、西域へ帰してくれた。この恩義に勝るものなんかあると思うかい？」

「…………」

幼馴染《おさななじみ》の銀髪少女と共に俺は黙り込む。

親父《おやじ》殿は決して味方を見捨てなかった。俺も白玲《ハクレイ》もそれを真似《まね》しているだけだ。

机の双六を興味深そうに見ていた瑠璃《ルリ》が会話に加わってくる。

「――で？　ただ労《いた》わる為《ため》だけに、私達を呼び寄せたわけじゃないわよね？　本題を聞きたいんだけど。早く温泉にも入りたいし」

古来より、武徳《ブトク》は温泉地として名高い。

宇《ウ》家の屋敷内にも湧いており、夏の間など瑠璃《ルリ》は日に幾度も入っていた。

賽子を机に転がし、香風《コウフウ》が肘をつく。

「あんたの賢《さか》しらな言動、嫌いじゃない。博文《ハクブン》に出来た嫁がいなければ、うちに迎え入れたいくらいだね」

「……絶対に嫌よ」

金髪仙娘《せんこ》は顰め面になるや、俺の膝から黒猫を取り上げ、自分の膝へと移した。

本気で嫌だったのか、瑠璃《ルリ》曰《いわ》く仙術ではなく、方術らしい萎《しお》れた白花が周囲にポロポロと零《こぼ》れ落ち、消える。ちょっと男嫌いの気《け》があるんだよなー。

オトが茶を湛《たた》えた碗《わん》を差し出してきた。

「どうぞ」

「お～助かる」「ありがとうございます」「ありがとう、オト」

礼を言い一口。独特な香りだ——生き返る。

俺達が軽く碗を掲げ讃《たた》えると、黒茶髪の少女は嬉《うれ》しそうに表情を綻ばせた。

「オト、絵図を広げておくれ」

「はい、御祖母様《おばあさま》」

引き出しから香風《コウフウ》が取り出した巻物を、オトは機敏な動作で広げた。

未《いま》だ大河以北を領有していた頃の【栄《エイ》】が国家事業として作成した、大陸全図だ。

北方、中原、南方、西方……勢力範囲なのだろう、各地に色が塗られている。

「こいつは……」「そんな……」「ふ～ん……」

俺と白玲《ハクレイ》が呻《うめ》き、瑠璃《ルリ》は目を細める。女傑も険しい顔だ。

「『敬陽《ケイヨウ》』に向かわせた間者とは連絡が途絶しているんだがね、『臨京《リンケイ》』とは連絡がついた。

此方《こちら》の手紙は届けられたんだが……警備が厳し過ぎて王《オウ》家の娘とは直接接触出来なかったそうだ。都は殺伐としているようだよ」

『**う～！！！！ 隻影様《セキエイ》ぁぁぁっ！！！！！**』

子供のようにむくれる麒麟児《きりんじ》様の顔が浮かんだ。

新進気鋭の大商家である明鈴《メイリン》の父、王仁《オウジン》は先取りの気風を持つ、と評される。

時局を見れば……愛娘《まなむすめ》が張《チョウ》家に肩入れするのは、座視し難《がた》いのだろう。

机の賽子を手に取り、瑠璃《ルリ》が絵図上の敬陽《ケイヨウ》周辺と大河以南に並べていく。

「まず『湖洲《コシュウ》』。次いで隣接する『安州《アンシュウ》』は理解出来るわ。だけど……この短期間に『平《ヘイ》州《シュウ》』まで、【玄《ゲン》】に占領されたっていうわけ？　主力は動いていないんでしょう⁉」

――【白鬼《はっき》】と【張護国《チョウごこく》】。

稀代《きたい》の英傑同士が直接ぶつかった『敬陽会戦《ケイヨウ》』は、互いの軍に大打撃を与えた。

名将、智将《ちしょう》、勇将が綺羅星《きらぼし》の如《ごと》く並ぶ【玄《ゲン》】と謂えど、無視出来ない筈《はず》だ。

香風《コウフウ》が指で大河沿いを叩《たた》いた。

「瑠璃《ルリ》の言う通り……『平州《ヘイシュウ》』を奪ったのは西冬《セイトウ》軍だ。主力は敬陽《ケイヨウ》で、消耗した人馬を回復させているようだね。率いているのは『千算《せんさん》』のハショ」

忘れ得ぬ――かつての友邦【西冬《セイトウ》】が首府『蘭陽《ランヨウ》』で行われた決戦。

彼《か》の地で全ての計略を企てたと伝え聞く軍師が西冬《セイトウ》軍と共に蠢動《しゅんどう》している、か。

「敵軍主力が出てきていないってことは……」

香風が耐え切れなくなったように、拳で机を叩いた。

「謂わば――【張護国《チョウ》】と『鬼礼厳《ライゲン》』、散った張家軍《ちょうかぐん》の勇士達は死してなお！　このどうしようもない国を護《まも》り続けているのさっ！　都の愚帝様がそれを理解しているかは知らないがねっ‼」

無謀な西冬《セイトウ》侵攻を言い出し、玄《ゲン》軍が敬陽《ケイヨウ》へ押し寄せた際に援軍を一兵たりとも寄越《よこ》さず、あろうことか【張護国《チョウ》】を殺した――栄《エイ》皇帝。

長年に亘《わた》り西域を鎮護し、忠臣を輩出してきた宇《ウ》家の現当主代行ですら、不信を隠そうともしない。他家は推して知るべし。

「だけど、それにも限りはあるわ」

膝上の黒猫を撫《な》でながら、瑠璃《ルリ》が冷たい声で断言した。

青帽子を外し、自然な動作で俺の膝へ載せながら、淡々と戦況を分析する。

「張家軍と張泰嵐《チョウタイラン》様は、玄《ゲン》の誇る『赤狼《せきろう》』『灰狼《かいろう》』『金狼《きんろう》』『銀狼《ぎんろう》』を次々と討った。だけど……『白鬼』アダイ・ダダの帷幕《いばく》には数多《あまた》の名将、勇将、智将がいる。決戦で損耗した兵もこの半年で補充を終えた筈よ。何時《いつ》、南征が再開されてもおかしくはない」

断言するが、親父殿も俺達も、張家軍も友軍も、各戦場でこれ以上ない程に勇戦した。

それでもなお――。

アダイの本陣に迫った親父殿を止めた、玄《ゲン》軍最強の【黒狼《こくろう》】ギセン。

見たこともない馬上短火槍《かそう》によって、親父殿を負傷させた【白狼《はくろう》】。

戦歴だけならば礼厳《ライゲン》すら超える老元帥に、北方大草原で武勲を立てた若き狼達が、アダイの手には残っている。

金髪を指で弄《いじ》り、瑠璃《ルリ》が目を瞑《つぶ》った。

「威力偵察の先軍に圧倒されているのに……練度、士気で懸絶し、【白鬼】が直接指揮する玄《ゲン》軍本隊に勝てるとは思えないわ。水塞群と大水塞が健在だろうと、結果は変わらないでしょうね」

「……全面的に同意するよ」

白髪の女傑は重々しく腕を組んだ。

『お前に倒せない将がいないように、私に落とせない城はない！』

前世の酒席で、酔った【王英《おうえい》】はそう豪語していた。事実でもあった。

そして、俺が見た所——アダイの才は英風《エイフウ》に匹敵するか、凌駕《りょうが》している。

絵図へ目を落とし、呻く。

「南域が離反しているってことは……飛鷹《ヒヨウ》の奴《やつ》が叛乱《はんらん》を起こした、ってのは本当だったのかよ。あいつ、何考えていやがるんだ？」

——実父【鳳翼《ほうよく》】徐秀鳳《ジョシュウホウ》の死と冤罪《えんざい》による投獄。

あの実直そうな青年が、過酷な日々を送ったことは想像に難《かた》くない。

だが、世間で噂《うわさ》される『老宰相暗殺の実行犯』や、叛乱を起こすなんて大それたことが出来るとも思えないのだ。

いったい何が……。

オトへ新しい茶を注《つ》がせながら、香風《コウフウ》が手を大袈裟《おおげさ》に振った。

「人は変わるものだよ、張隻影《チョウセキエイ》。徐《ジョ》家の長子は苛烈極まる戦場と、自らの失策で多くの者達が負け戦を経験し……父親に冤罪まで被《かぶ》せられたんだ。恨みに支配されたっておかしくないだろう？」

「……確かに、そうなんだが」

ざらついた違和感を言葉に出来ない。情報もまるで足りない。

隣から細い手が伸び、絵図に触れた。

「現状の結論はもう出ていると思います」

全員の視線が白玲《ハクレイ》に集中する。

数々の戦場を潜《くぐ》り抜けた結果、初陣《ういじん》から僅か一年足らずで、うちのお姫様は『張《チョウ》』の姓に相応《ふさわ》しい将になりつつある。

誇らしくはあるが……良いかどうかは分からない。

銀髪の少女は各地域の賽子を指で叩いた。

「十州の内、三州が占領され、南域も離反。私達がいる西域を除くとしても、半年で【栄《エイ》】の領域はほぼ半減しました。しかも、軍を北と南に二分している。……これでは」

絵図に書き込まれた栄《エイ》軍は約十万。

その殆《ほとん》どは戦場を知らない者達だろうし、北から迫る玄《ゲン》軍と南の徐《ジョ》家軍とに対応する為、軍を二分している。白玲《ハクレイ》の言う通り、勝機はまずない。

肘をつき、宇香風《ウコウフウ》が賽子を手にした。

「そこでさ——あんた達の意見を聞きたいんだ。【栄《エイ》】を助けるのか。この地に籠るのか」

『………』

先日——都から『鷹閣《ヨウカク》』へ使者がやって来て、高慢な態度で会談を要求した、との話は耳にしていた。今現在、誰が【栄《エイ》】の差配を行っているかは不思議と聞こえてこないが、救援がなければ、大水塞とて持ち堪《こた》えてられないのは分かっているだろう。

そして……徐《ジョ》家が叛乱を起こした以上、頼れるのは宇《ウ》家しか存在しない。

女傑の表情に影が落ち、握り締められた賽子が軋《きし》んだ。

「私はね……動く必要のない時に動いた挙句、息子と徐《ジョ》家の坊、泰嵐《タイラン》坊と礼厳《ライゲン》が死ぬ切っ掛けを作った栄《エイ》の愚帝を信じちゃいないっ。あの馬鹿が、西冬《セイトウ》侵攻なんてことを言い出さなければ、こんなことにはっっ」

血を吐くかのような告白。

俺達の目の前にいる老女は、愛する者達を愚帝の大失策によって喪《うしな》った人物なのだ。

白玲《ハクレイ》が俺の袖を強く握り締めてきたので、手を重ねてやる。

俺が生涯を懸けて守るべき少女の手は冷たく、震えていた。

「だがね……北の馬人共に故国を蹂躙《じゅうりん》させるのも真っ平なんだ。援軍を中原に派遣するのは無理だが、落ち延びて来るのなら受け入れても良いと思っている」

香風《コウフウ》が賽子《さいころ》を空中に投げ、手に取った。

硯《すずり》から筆を取り、州北東の地に丸を付ける。

「西域は四方を峻険《しゅんけん》な山脈に囲まれているからね。軍の侵攻に使えるまともな街道は峻険な『鷹閣《ヨウカク》』を抜けるもののみ。防戦に徹すれば、大軍相手でも持ち堪える自信はある」

「玄《ゲン》軍もこっちには来ないでしょうね」

話を聞いていた瑠璃《ルリ》が、説明を補足する。

「アダイは無駄な損耗を嫌っているわ。軍を分けるとは思わない。攻めて来るとしたら、『臨京《リンケイ》』が陥落した後よ」

「瑠璃《ルリ》さんに同意します」「私もです」

白玲《ハクレイ》とオトが即座に賛同した。

『鷹閣《ヨウカク》』は俺達も通ったが、城砦《じょうさい》は堅固で老将が率いる守備隊の士気も高かった。

真正面からの攻撃ならば、突破を許すとは思わないんだが……。

「隻影《セキエイ》、あんたの意見はどうだい？」

「……ほぼ同意見なんだが」

婆《ばあ》さんの問いかけを受け俺は口を開き、鷹閣《ヨウカク》近郊——無数の崖が描かれた地から、『武《ブ》徳《トク》』北方まで指を滑らせた。

「『鷹閣《ヨウカク》』を迂回《うかい》されるとまずいな」

千年前の俺はそうやって、当時この地にあった【丁《テイ》】という国を落とした。

英風《エイフウ》と組んだのは、あの作戦が最後だったな。

「……迂回、ですか？」

「そいつは無理な話だよ。『【皇英《こうえい》】の千崖越え』は私も知っちゃいるが、肝心の路《みち》は誰も知らない。鹿だって、落ちて死ぬ場所なんだ」

朧気《おぼろげ》な記憶は、不思議そうなオトと呆《あき》れ半分な香風《コウフウ》の声によって霧散した。

現地を知っていれば知っている程、『無理』と判断するのだろう。

対して、白玲《ハクレイ》と瑠璃《ルリ》は真剣に考え込む。

「いえ、玄《ゲン》軍は人跡未踏の七曲山脈《ななまがりさんみゃく》すらも踏破しています。可能性はあります」

「私達に兵を割く余裕はないわよ？『武徳《ブトク》』前の古橋前で迎撃する位しか手は……」

「分かってる。何もかもが足りないからな」

両手を掲げて、俺は目を瞑る。

アダイが西域に軍を進めるとは思わない。

『自軍の全力を以《もっ》て、敵の分軍を討つべし』

戦場の原理は千年経《た》とうが不変だ。

【白鬼《はっき》】も理を篤《あつ》く信奉している筈《はず》。その点で瑠璃《ルリ》の見立ては正しい。

——が、戦場では時に奇怪なことも起こるのだ。

万が一攻めて来た場合は、俺が時間を稼ぐしかない、か。

女傑が額に手をやり、嘆息した。

「……長生きはするもんじゃないね」

「長生きしてくれ。あんたが今死んだら、オトと博文《ハクブン》が大変だ」

「ちっ、分かっているよ。本当に、泰嵐《タイラン》坊や礼厳《ライゲン》にそっくりだね、あんたは」

舌打ちし、宇香風《ウコウフウ》はその場で立ち上がった。

窓の外を見つめる。

「とにかく御苦労だった。当面はゆっくりと身体《からだ》と心を癒《いや》しておくれ」

＊

「おい、瑠璃《ルリ》、そこで寝るな。寝るなら、自分の部屋へ行けっ！」

「……ん～……わかって──……」

目の前の長椅子に座る寝間着姿で髪をおろした瑠璃《ルリ》が、俺の枕を抱えてパタリ。

すぐ健やかな寝息が聞こえてくる。

……手に握り締めた賽子を落とさないのは誉《ほ》めるべきか。

『私が勝つまでやるわっ！　あんたに負け続けるなんて……あり得ないんだからっ』

いや！　ここ連日、夜になると双六《すごろく》を挑んでは負け、挑んでは負け……寝るまで諦めない仙娘《せんこ》な軍師は今度お説教だな、うん。

「オト、朝霞《アサカ》」

「はい」「はい♪」

すぐさま、こちらも寝間着姿になったオトと、遥々《はるばる》この地まで白玲《ハクレイ》に付き従ってきた女官の朝霞《アサカ》が、部屋の入り口から顔を覗《のぞ》かせた。

「今晩も任せた」

「任されました」「お任せください」

まずオトが瑠璃《ルリ》を、朝霞《アサカ》は近づいて来た黒猫のユイを抱き上げる。熟練の動きだ。

二人を見送り、冷水で出したお茶を碗《わん》へ注いでいると、頭に布をかけたまま、白玲《ハクレイ》が入浴から戻って来た。勿論《もちろん》、寝間着だ。

「……戻りました」「おー」

普段通りの受け答え。

銀髪の美少女はそのまま自分の寝台に寝転がった。

——その隣には俺の寝台がある。

幼い頃、俺達は同じ部屋だったし、別の部屋になっても夜話をする習慣は続いていた。

しかし、臨京《リンケイ》を脱出して以降、白玲《ハクレイ》は夜も俺と同じ部屋で寝るようになった。

理由は聞いていないが、黙認している。今後も聞くつもりはない。

親父《おやじ》殿との別れで心に深い傷を負ったのは、俺も同じだからだ。

瑠璃《ルリ》の残していった双六の駒を仕舞っていると、白玲《ハクレイ》が寝転んだままこちらを見た。

「隻影《セキエイ》」

「ん？」

手を止めると、幼馴染《おさななじみ》の少女は自分の寝台を軽く手で叩《たた》く。

不満気に『拒否は許しません』と宝石のような蒼眼《そうがん》が言っている。

……仕方ねぇなぁ。

碗を片手に寝台へ座ると、白玲《ハクレイ》はもぞもぞと俺の膝へ自分の頭を載せた。

頰を膨らませ、拗《す》ねた口調。

「……昼間、単騎で賊の前に立ち塞がったこと、私はまだ怒っています」

「お、おう。す、すまん」

「謝ってもゆるしません。……髪を梳《す》いてください」

顔を背けながら甘えてきたので、脇机にある櫛《くし》で白玲《ハクレイ》の長い銀髪を丁寧に梳いていく。

丸窓の外に浮かぶ満月を眺め、蛙《かえる》や虫の鳴く声や水の流れる音に耳を澄ませていると、何とも言えない穏やかな気持ちになってくる。

——願わくば、こんな平穏な日々が出来る限り長く続くように。

神なぞ信じていないので、北方の『老桃《ロウトウ》』へ心中で祈る。

身体を動かし、俺を見上げながら白玲《ハクレイ》が聞いてきた。

「今夜は瑠璃《ルリ》さんと何の話をしていたんですか？」

「オトに渡された小箱と【天剣《てんけん》】についてだなー」

俺は脇机上の小箱と、寝台傍《そば》に立てかけられている【黒星《こくせい》】と【白星《はくせい》】を見やった。

夜な夜な俺の部屋へやって来ては、兵棋やら双六やらに興じる瑠璃《ルリ》だが、別に遊んでいるわけでもなく、常に二人きりなわけでもない。

気になったことや、調査すべきこと、訓練について等々話し合う時間でもあるのだ。

……最近はむきになった瑠璃《ルリ》をあしらう時間も増えてきてるが。

白玲《ハクレイ》の髪を梳き終わり、櫛を仕舞う。

「明鈴《メイリン》の依頼であいつ、こっちへ来たことがあるって前に言ってたろ？　賊退治も終わったし、【天剣】を見つけた廃廟《はいびょう》へもう一度行ってみたいんだと。『武徳《ブトク》』と『鷹閣《ヨウカク》』の間の、深い森の中にあるらしい。地勢調査も兼ねてな」

「瑠璃《ルリ》さんらしいですね」

白玲《ハクレイ》が上半身を起こし、俺の肩と自分の肩をくっつけ、頭をぶつけてきた。

不安そうにポツリ。

「……敬陽《ケイヨウ》は……今頃どうなっているんでしょうか」

兵達の前では絶対に見せない弱々しい姿。

張白玲《チョウハクレイ》は麒麟児《きりんじ》だが……この前十七になったばかりの少女なのだ。肩を抱く。

「アダイの統治は穏健だと聞いてる。講和を蹴ったのも、親父殿の――」

「分かっています。……分かって、います」

子供のようにいやいやと首を振り、白玲《ハクレイ》が俺に抱き着いてきた。

身体は震え、目元には涙。

白玲《ハクレイ》は賢い。アダイが親父殿を高く評価し、その死に激高して講和を蹴った人物であることも理解している。

ただ、半年で立ち直れる程、張泰嵐《チョウタイラン》の死は軽くもない。

「……すまん」

「……いえ。私の方こそ、ごめんなさい」

俺の胸に頭を押し付けたまま、白玲《ハクレイ》もすぐ謝ってきた。

背中を擦《さす》ってやりながら、冗談めかす。

「庭破《テイハ》には悪いことをしたな。『敬陽《ケイヨウ》』のあれやこれ、全部押し付けてきちまった。恨まれてるかもしれん」

半年前、親父殿を救出する為《ため》、秘密裡《ひみつり》に都へ向かった際、礼厳《ライゲン》唯一の縁者だった青年武将も同行を強く望んだ。それを俺が説き伏せた。

――『敬陽《ケイヨウ》を頼む』と言って。

誰かが残らなければならなかった。そして、信頼出来るのはあいつだけだったのだ。

「……そうですね。きっと恨まれています」

銀髪の美少女が顔を上げた。目元には大粒の涙。白布を手にし、涙を拭う。

「いや、そこは否定してくれよ。お前も共犯――」「嫌です」

最後まで言わせてもらえず、額と額を合わせてきた。

――囁《ささや》くような、拗ね混じりの文句。

「私がいない所で敵に突撃する隻影《セキエイ》なんて嫌いです。大嫌いです」

「俺はお前を嫌うことなんてないけどなー」

「――……嫌いです」

そう言いながらも、自分から離れようとはしない。

思い返してみると、幼い頃のこいつは寝る時、俺に抱き着いて寝ていたっけ。

両手で少女を軽く押し、見ないようにしながら乱れた寝間着を整えてやる。

……自分が誰もが見惚《みと》れる程、容姿端麗なんだってことをもう少し自覚させないと。

「伯母《おば》上とも連絡を取らないとな。明鈴《メイリン》は探してくれていると思うんだが……」

臨京《リンケイ》をいち早く脱出された女傑は朝霞《アサカ》の妹と共に行方不明。無事であってほしい。

頬を大きく膨らました白玲《ハクレイ》は俺を睨《にら》み、別の懸念《けねん》を述べた。

「……あの子との関係も今後は考えないといけません。立場上、私達は逆賊です」

「だよなぁ。色々と手紙には書いちまってるが」

かつて、俺は水賊に襲われていた王明鈴《オウメイリン》を救った。

が、恩義があるとしてもとっくの昔に返済は終わり、持ち出しが続いている状況だ。

「まぁ、あいつは気にもしてないだろうけどな。そんな話をしたら、本気で怒ってきそうだ。お前もそう思うだろ？」

「……それは、そうですけど」

白玲《ハクレイ》が渋々ながらも引き下がる。

意外な反応……いやまぁ、うちのお姫様だものな。

実は人見知りな少女の成長に俺が満足感を覚えていると、ジト目。

「……隻影《セキエイ》？　何ですか、その顔は」

「ん～？　何でもねーよ」

「嘘《うそ》です！　私が何年、貴方《あなた》と一緒にいると思って？　さ、素直に白状してください」

「本当に何でもねーって」

「また、そうやって、はぐらかし、きゃっ」

「おっと」

その場に立ち上がって寝台をわざわざ降り、両手で殴ってこようとするも、体勢を崩しそうになった白玲《ハクレイ》を慌てて受け止める。

「「…………」」

何となく、二人して外を眺めると大きな満月。

北天には『双星』が寄り添って瞬《またた》いている。

暫《しばら》くそのままでいると、白玲《ハクレイ》が小さく呟《つぶや》いた。

「――……月、綺麗《きれい》ですね」

「ああ。そうだな」

ぽすん、と小さな頭が俺の胸に当てられる。

「白玲《ハクレイ》？」「隻影《セキエイ》……」

弱々しく名前を呼ばれ、そのまま続きを待つ。

襟を摑《つか》み、泣きながら少女が訴える。

「貴方は……何処《どこ》にも行かないでくださいね？　貴方までいなくなってしまったら、私は、私はもう…………」

「雪姫《ユキヒメ》は阿呆《あほう》だなぁ」「っ！」

幼名を呼んで返答し、顔を上げた白玲《ハクレイ》の耳元で約する。

「（俺はお前の背中を守るよ、お前は俺の背中を守ってくれるんだろ？）」

「〜〜っ」

見る見る内に少女の耳と頰、首元が朱に染まっていき、悔しそうに袖を摑み上目遣い。

「……隻影《セキエイ》は意地悪です」

「おっかない幼馴染と過ごしてきてるからな」

「…………意地悪です。バカ」

「はいはい。そろそろ寝ないと明日が辛《つら》いぞ」

頭をぽんと叩き、両手で抱きかかえて寝台に寝かせる。

夜具をかけると、銀髪の少女は俺の袖を摘《つ》まんだ。

「書物を読むなら、隣で読んでください。それが最大譲歩です」

「ここ毎晩そう言ってるだろうが⁉　はぁ……困ったお姫様め」

白玲《ハクレイ》の寝台に腰かけ、書物を開く。

すると、心底安堵《あんど》した表情になった。

「よろしい、です」

銀髪を手で梳いてやりながら、微笑《ほほえ》む。

「おやすみ、白玲《ハクレイ》」

「おやすみなさい、隻影《セキエイ》。……寝るまでこうしていてくださいね？」

＊

「偉大なる【天狼《てんろう》】の御子《みこ》――アダイ皇帝陛下！　ご尊顔を拝し、恐悦至極に存じます。諸将、参集致しております。御命令をっ‼」

大陸を南北に貫く大運河。その結節点にある都市『敬陽《ケイヨウ》』。

我が好敵手、張泰嵐《チョウタイラン》が守護した地の郊外、巨大な天幕を用いて築かれた仮宮に、老元帥の重々しい声が轟《とどろ》いた。

玉座に座る私──玄《ゲン》帝国皇帝アダイ・ダダは、左手を掲げる。

「皆、楽にせよ。今日はうるさい文官連中もおらぬからな」

『はっ！』

居並ぶ将達が失笑を漏らし、それぞれの席へついた。

従者を除き立っているのは、今や名実ともに『最強』と言ってよい、【黒刃《こくじん》】改め【黒狼《こくろう》】のギセン。

女ながら【白狼《はくろう》】の地位につく長い紫髪のルス。

両者共、私の護衛をする、といって頑《かたく》なに座ろうとしないのだ。

肘をつき、ニヤリと笑う。

「集まってもらったのは他でもない。そろそろ戦が恋しかろう？　と思ったのだ」

『！　オオオオオオオオオオオオオオ！！！！！！！！！！！！！！』

一瞬の静寂の後──諸将は雄叫《おたけ》びを上げ、胸甲や剣の鞘《さや》を叩《たた》き、互いに拳を合わせ、肩を叩く。中には歌い出すものまでいる有様《ありさま》だ。

従者に我が前世の畏友『皇英峰《コウエイホウ》』こと張隻影《チョウセキエイ》が好んだという山桃の酒を、張《チョウ》家から接収させた奴《やつ》の硝子《ガラス》杯に注がせ飲む。美味《うま》い。

ククク……酒の趣味は前世同様なようだな。

落ち着かない様子の地味な礼服を着た優男《やさおとこ》と地味な将をからかう。

「ハショ、平安《ヘイアン》、おぬしらのせいだぞ？　『湖洲《コシュウ》』はともかくも、半年足らずで『安州《アンシュウ》』『平州《ヘイシュウ》』をも奪《と》る鮮やかな手並み。それを見て、我が国の将で奮い立たぬ者がいようか？」

「は、はっ……汗顔の至り…………」「有難《ありがた》き幸せ」

西冬《セイトウ》軍を任せている未熟な軍師は、噴き出した汗を拭い縮こまった。

対して末席に座る、大河以南の『子柳《シリュウ》』を拠点に臨京《リンケイ》へ圧迫を加えている魏平安《ギヘイアン》は、堂々と受け答えした。泰嵐《タイラン》に敗れながらも、軍を立て直してみせた技量は貴重なものだ。勝ち続けている我が軍内で、敗北の苦さを知る者は少数なのだから……。

「陛下！　発言してもよろしいでしょうか!!」

未《いま》だ喧騒《けんそう》が続く中、潑剌《はつらつ》とした様子の若き武将が立ち上がった。

黒茶の瞳と髪。整った容姿に、戦陣で焼けた肌。

ギセンには至らぬまでも、鎧《よろい》の上からでも肉体を鍛え上げているのが分かる。腰に提げている二振りの双剣は遥《はる》か西方で打たれた業物だ。

齢《よわい》僅か二十と三で、武才と将才、統治に政治の才すらも持ち合わせた、我が皇帝家の次世代筆頭の下へ、酒杯を運ばせる。

「オリド、壮健なようで何よりだ。無論構わぬよ――我が従弟殿」

「ありがとうございます！」

従者から受け取った酒を一気に飲み干し、北西戦線で名を馳《は》せ、

『私は陛下の【今皇英《こうえい》】を目指しまするっ！』

と、広言して憚《はばか》らないオリド・ダダが仮宮内を歩き始めた。

諸将も慣れっ子だが、副将の老ベリグは額を押している。兄である老元帥と同じで苦労人は変わらぬな。

「『燕京《エンケイ》』にて聴いた話によれば――栄《エイ》の【三将】既に亡《な》く、前線の敵軍は極めて劣弱」

ハショが部下に手で指示し、皆に見えるよう、敬陽《ケイヨウ》で接収した『大陸全図』を拡大した物を掲げさせた。

現時点での敵兵力と主だった将が記されている。

皇宮内の『鼠《ねずみ》』である田租《デンソ》に未だ気付かぬとは……栄《エイ》の皇帝や宰相は愚物らしい。

オリドは絵図の前で立ち止まり、拳で西と南を叩いた。

「西の宇《ウ》家、南の徐《ジョ》家も離反したのなら、今や我が軍の攻勢に対抗し得る敵はありませぬ。ここは全軍を以《もっ》て『臨京《リンケイ》』を突き、一挙に天下の統一を！」

『天下の統一をっ！！！！』

将達も一斉に拳を天に突き上げる。そこにあるのは高揚。

──理は将来が楽しみな従弟にあろう。今までの私であれば同意もした。

だが、容易《たやす》く得られる天下よりも優先すべきは。

「オリド」

私が名を呼ぶと、天幕内は一瞬で静まり返った。

左手を掲げ、称揚する。

「その戦意や良し。しかし、事はそう単純でもない」

「……と、申されますと？」

従弟が怪訝《けげん》そうな顔になり、私の言葉を待つ。諸将も同様だ。

視界の外れを長い白髪が掠《かす》めた。

「我が軍の力ならば、張泰嵐《チョウタイラン》亡き【栄《エイ》】など踏み潰すことは容易であろう。奴等の力の源たる大運河を叩き続け、利水の益を干上がらせれば勝手に自壊していく」

大河以北より逃れし、当時の栄《エイ》皇帝は優秀な男だったのであろう。

そうでなければ当時寒村であった臨京《リンケイ》の地に都を開きはしまい。

先々代、先代の侵攻を撥《は》ねのけたのは、張泰嵐《チョウタイラン》のような名将の力だけでなく、交易で得た圧倒的な財力でもあるのだ。

酒杯を下げさせ、一同へ冷たく告げる。

「が――それだけでは足りぬ」

『？』

オリドや諸将が困惑した。我が陣中の数少ない欠点よの。

戦場の狼達に不満は一切ないのだが、内政の才持つ者は乏しい。

――故に容易に騙《だま》せもする。

私はさも当然であるかのように続けた。

「皆、よくよく考えよ。我等は『統治』を行わなくてはならぬのだ。一時的な『収奪』『占領』ではなくな。ハショ」

「は、はっ！」

名を呼ばれ、【王英《おうえい》】の軍略研究に余念のない未熟な軍師が立ち上がった。

分かり易《やす》い位に緊張している優男へ問う。

「『安州《アンシュウ》』と『平州《ヘイシュウ》』の統治、苦労しておるようだな？」

「！　………仰《おっしゃ》る通りです」

顔を強張《こわば》らせたハショは、すぐに気を取り直す。

才は乏しく、戦場で英峰《エイホウ》に勝てるとも思わぬが……勤勉さは認めても良い。

額の汗を布で拭いつつ、優男が状況を口にする。

「根本的な問題なのですが……我等と【栄《エイ》】とでは、そもそもの人口が違い過ぎます。おそらくは桁が一つ……いえ、下手すると二つ程は差が。加えて、栄《エイ》人は我等を『馬人』と強く蔑んでおります。武力で圧倒してもなお、心から服従したわけではないのです。大河以北の統治事例を鑑《かんが》みても、占領地の安定には相当な刻《とき》がかかるものと愚考致します」

「なんとっ！」「まだ、そのような戯言《たわごと》をっ」「自分達の立場を理解出来ていないのではないか？」「あり得る。何しろ……張泰嵐《チョウタイラン》を弑《しい》するような愚かな連中だからな」

諸将が憤慨し、机や椅子を叩く。

玉座を立ち、手で制す。

「静まれ」

再び天幕内に静寂が帰還した。

この場にいる者達の忠義に疑いは微塵《みじん》もなし。

同時に、『狼』の暴威に物を言わせた天下が脆《もろ》いのも事実。

――私の、【王英】の決断に瑕疵《かし》はない。偶々《たまたま》私情が重なっただけのこと。

自分自身を納得させ、小さな女子の如《ごと》き手で心の臓を押し付ける。

「皆の言うことも尤《もっと》もだ。私とて腸《はらわた》が煮えくりかえるが……ハショの進言も正しい。だからこそ、我等の父祖は大河以北しか呑《の》み込めなかった」

北方の大草原で勃興し馬と共にあった我等は、武力という点で常に栄《エイ》を圧倒していた。

経済力で勝る奴等を大河以北より追ったのは、懸絶した差があったことの証明だ。

それから五十余年。

私の代で大河を越えられたのは、先代、先々代の才に致命的な不足があったのではなく、潜在的な『敵』であった旧栄《エイ》人達の統治にそれだけの刻が必要だった裏返しなのだ。

文官の人材に乏しい玄《ゲン》を率い、果たして栄《エイ》全土の統治能《あた》うや否《いな》や？

『味方の前で不安は出すな。内に秘めとけ』

嗚呼《ああ》……英峰《エイホウ》、英峰《エイホウ》よ。お前の言葉は皇帝なぞになった今世でも私を導いてくれる。

だからこそ――だからこそだっ！　どうして、お前は今この場にいないっ‼
【武】はお前が。【政《まつりごと》】は私が。
さすれば天下などたちまちの内に治まる。
……やはり、お前を誑《たぶら》かしている災厄を齎《もたら》す張白玲《チョウハクレイ》は必ず除かねばな。
目を開け、心にもないことを口にする。
「栄人《エイ》共を従わせる為《ため》には、『証《あかし》』が必要なのだ。私が天下を統治する『証』がな」
ふむ、もっともらしい理由だ。統治に困難があるのは事実なのだから。
「よって――軍略からすれば愚策は承知の上で、軍を二分し」
内なる声が、これが最後とばかりに私を激しく罵倒する。
絶対的優位下にありながら、軍を自ら分けるだと⁉
王英風《オウエイフウ》！　遂《つい》におかしくなったかっ‼　今ならば間に合うっ。思い止《とど》まれ‼!
――……黙れっ。信じ難《がた》き愚策をしても、私には為《な》さねばならぬことがある。
私は内なる自分を消し去り、腰の短剣を抜き放ち、
「『西域』攻めと南征を一挙に行う」
詔《みことのり》を発した。
歓呼の声は上がらず、天幕内が静まり返る。

さもあらん。歴戦の諸将は戦力分散の愚を知り抜いている。

老元帥が皆を代表して、訴えてきた。

「陛下！　主力軍を二分するのは些《いささ》か……」「爺《じい》、無論分かっている」

短剣を鞘へ納め、意識して困った表情を作る。

「だがな……どうやら、西域には煌《トウ》帝国由来の【玉璽《ぎょくじ》】があるようなのだ」

『！？！！！』

天幕内が激しくどよめいた。

――【伝国《でんこく》の玉璽】。

史上初の皇帝である飛暁明《ヒギョウメイ》が作り、使いし代物。

一般的に、天の化身たる【龍】より賜った神聖な印として知られ、歴代王朝に引き継がれてきたとされる。

【双星の天剣《てんけん》】よりも、遥かに分かり易い『**天下を担《にな》う皇帝が持つべき物**』だ。

前世で作製を指揮した私にとっては単なる印に過ぎぬし、贋作《がんさく》でも事足りるのだが……。

皆の表情を見るに、その影響力は絶大のようだな。

歴戦の老元帥ですら慄《おのの》き、零《こぼ》す。

「！　な、何と……。で、では、栄《エイ》の偽帝が持つ物は………」

「どちらが本物だろうと構わぬ」

未だ内なる声は反対を叫ぶが……賽《さい》はもう投げられた。前へ進むのみ。

短剣の鞘《さや》を自信満々に叩《たた》く。

「民が信じる『絵物語』こそ必要なのだ。『天はアダイ・ダダを選んだ』というな」

『偉大なる【天狼《てんろう》】の御子《みこ》！　アダイ皇帝陛下、万歳っ!!　万々歳っ!!!』

諸将が今度こそ歓呼を叫び、互いに拳を突き合わせる。ハショですら納得したようだ。

――後は。

「南征の指揮は爺とハショに任せよう。私は一軍を率い」

「陛下！　臣《しん》に『西域』攻めを御命じください!!」

普段通りの快活さで、従弟が我が眼前へと進むや片膝を立て、両手を合せた。

……よもや、ここで進言してこようとは。

「オリド」**「何卒《なにとぞ》、お願い致しますっ！」**

黒茶の瞳には不退転の炎。

私が直接、鄙《ひな》の地へ赴くことだけは何が何でも避ける腹か。

爺、そして老ベリグまでもが微《かす》かに首を振る。

……私は銀髪蒼眼《そうがん》を持ち、災厄を齎す張《チョウ》家の娘から英峰《エイホウ》を救い出さなくてはならぬっ。

下がらせようと口を開きかけ、

『賭けに出てもいい。だが——退《ひ》き時は誤るなよ？』


盟友の声が耳朶《じだ》に響いた。スッと思考が冷める。

……ふむ。確かにお前と再会するにしては、些《いささ》か矮小《わいしょう》に過ぎる地かもしれぬな。

我等の再会に相応《ふさわ》しい戦場を用意せねばっ！

自然と笑みが零れ落ちそうになるのを意識して抑え込み、私はオリドへ命じた。

「分かった。では従弟殿に任せるとしよう。だが——強攻を厳に禁ずる。『鷹閣《ヨウカク》』の路《みち》は狭く、周囲一帯は峻険《しゅんけん》。私が指揮するのであれば児戯だが、まともに攻めれば損耗は免《まぬが》れぬ。当面の間、宇《ウ》家に『臨京《リンケイ》』救援の兵を出させなければそれでよい。【玉璽】は追々差し出させよう。——ああ、そうであった。彼《か》の地に逃れたと伝え聞く張隻影《チョウセキエイ》に気を付けよ。あの者の武勇は侮《あなど》れぬ。まともに戦わぬようにせよ」

「黒剣を振るうという張《チョウ》家の……策の教授、**ありがとうございますっ！**」

オリドは微かに疑念を滲《にじ》ませるも、すぐさまそれを消し去った。

……何かしらを勘づかれたかもしれぬな。

従弟は、公言するだけあって【皇英《こうえい》】の故事についてよく学んでいる。当然、【天剣】を振るう張隻影《チョウセキエイ》についても調べている筈《はず》だ。ベリグに釘《くぎ》を刺しておかねば。

意識を切り替え飾られた老桃《ロウトウ》の花に触れ、惜別の想《おも》いを吐き出す。

「……我等の宿敵たる張泰嵐《チョウタイラン》はもうこの世にはおらぬ。此度《こたび》の戦、歯応えには欠けるかもしれぬが」

背筋を伸ばし、凛《りん》として命じる。

「**全てを喰《く》らい尽くせ**」

『**御意っ！**』

深夜、私は仮宮の玉座に座り、人を待っていた。

灯《あか》りの炎が、護衛についている【黒狼《こくろう》】の影を揺らめかせる。

大剣の柄《つか》に手をかけた忠臣を制す。

「ギセン、良い。少し外せ」

「……はっ」

玄《ゲン》最強の勇士が天幕を出ると何の音もなく、狐面《きつね》を被《かぶ》り、ボロボロの外套《がいとう》を羽織った密偵が姿を現した。

——天下統一を是とする謎の組織『千狐《せんこ》』の蓮《レン》だ。

半年前、臨京《リンケイ》で隻影《セキエイ》達と交戦したという密偵が苛立《いらだ》たしそうに報告する。

「……張隻影《チョウセキエイ》と張白玲《チョウハクレイ》はやはり西域だ。僅か数ヶ月で『武徳《ブトク》』周辺の賊共を張《チョウ》家と宇《ウ》家の合同軍にて一掃した」

「さもあらん。当然だ」

賊如きが英峰《エイホウ》の相手になるわけもなし。

煌《トウ》帝国建国の砌《みぎり》——【双星の天剣】を振るう我が畏友の武威は天下に轟《とどろ》き、万どころか十万余の兵を凌駕《りょうが》する、とさえ謳《うた》われた。張《チョウ》家の小娘なぞに【白星《はくせい》】を渡していなければ『敬陽《ケイヨウ》会戦』で我が細首は、あ奴《やつ》に飛ばされていただろう。

蓮《レン》がやや不思議そうに零す。

「お前はあの手の者達をそこまで買っていない、と思っていたが。特に張隻影《チョウセキエイ》などは」

返答はせず、ただ酒杯を傾ける。

……買ってなどやるものか。

だが、前世でも、今世でも、どうしようもない程に惹《ひ》かれてしまう。

自分では到底出来ぬ、あの『剣』のような生き様に。

宿痾《しゅくあ》か業か。不快ではない。

蓮《レン》が踵《きびす》を返し、入り口へ歩いて行き——立ち止まった。

「彼の地に【伝国の玉璽】の伝承はあったが、実物は祠《ほこら》になかった。私の手で直接奴等を殺しに出向きたいが……何人《なんびと》にも斬れぬ【龍玉《りゅうぎょく》】を斬った報を聴きつけ、【御方《おんかた》】が色めき立っていてな、監視を怠る訳にもいかぬ」

「……ほぉ」

西冬《セイトウ》を影から操る、仙術狂いの妖女も隻影《セキエイ》の価値に気付いたか。厄介な。

蓮《レン》が仮面の位置を直す。

「彼奴《きゃつ》は西域に配下の者を送り込んでいる。気を付けよ。そして、貴様は一刻も早く【栄《エイ》】を滅ぼし、天下を統一せよ。さすれば張隻影《チョウセキエイ》と張白玲《チョウハクレイ》の首、私が上げてくれよう」

風が吹き、狐面の密偵の姿は消えた。

……あ奴も英峰《エイホウ》の『毒』に当てられたか。憐《あわ》れよの。

私は酒杯を掲げ、独りごちる。

「皇帝なぞになるものではないな、英峰《エイホウ》。私は今すぐにでも、お前を張家《チョウ》の忌々《いまいま》しい娘の呪縛から救い出さなければならないというのに。……紅玉《コウギョク》め、私が死んだ後、【天剣】と【玉璽】を隠すとは」

前世において、私の補佐役として長く仕え後事を頼んだ女将は、西域の廟《びょう》に収めた【天剣】と【玉璽】を何処《どこ》かに隠匿したらしい。

忠臣のあ奴が何故《なぜ》、そのような行動をしたのかは分からぬが……。

設けられた窓に輝く北天の『双星』へ左手を伸ばす。

「まぁ良い。私はお前と再会するに相応しい戦場を用意しよう。……その時こそ」

最後の言葉は、外で吹き荒《すさ》ぶ風によって掻《か》き消える。

花瓶に挿された、老桃《ロウトウ》の花だけが聞いていた。

第二章

「……以上が現在の戦況となります。大運河を船で下って来る【西冬《セイトウ》】軍の襲撃で水塞群の被害大きく、北方より『臨京《リンケイ》』へ圧迫を加えて来る魏平安《ギヘイアン》率いる軍の脅威も日に日に高まっており、何かしらの対策が急務であると考えます」

報告を終え、大水塞で日々必死に前線の指揮を執っている義将、岩烈雷《ガンレツライ》が着席すると、【栄《エイ》】帝国を率いる大臣、諸官が集まった皇宮の廟堂《びょうどう》は重苦しい空気に包まれました。

外で降り注ぐ雨の音だけが響きます。

兄上に嘆願し、末席での着座を許された私——皇妹である光美雨《コウミウ》は、先日見た前線の苛烈な現状を思い出し、淡い金黄の袖を握り締めました。あの時よりも悪化しているなんて。

皇帝だけに許される『龍』の描かれた明黄の服を着られた兄上は、天壇の上で苦悶《くもん》の表情を浮かべられ、眉間に皺《しわ》を寄せられています。

誰もが口を閉ざす中、頭に髪がない、身体《からだ》と四肢を丸太のように肥えさせた男——林《リン》忠道《チュウドウ》の弟で、数ヶ月前に栄《エイ》帝国副宰相となった林公道《リンコウドウ》が、対面の青年へ話を振りました。

「ふむ……宰相代理殿はどう思われる？」

「！」

天下にその名を知られた名宰相、楊文祥《ヨウブンショウ》の孫であり、公道《コウドウ》と同じく数ヶ月前に宰相代理となった楊祭京《ヨウサイケイ》は視線を泳がせた後、媚《こ》びるように返答します。

「わ、私は若年です。ま、まずは、副宰相殿の意見をお聞かせ願えれば、と……」

「陛下の御臨席を賜るこの場において、謙遜は不要と考えます。ささ、御考えを」

「！　き、貴様、下手に出ていれば――」

このような状況下でも、廟堂内での権力闘争を止《や》められないなんて……。

私が暗澹《あんたん》たる想いを抱く中、ひ弱そうな宰相代理は息を整え、意見を披露します。

「本来、裏切り者の【西冬《セイトウ》】と、北の馬人共に降《くだ》った者達など、精強な我が軍を以《もっ》てすれば問題はないでしょう。ですが、不遜にも南方を騒がせる輩《やから》と、使者を追い返した西方の輩の存在は無視出来ません。ここは一先《ひとま》ず……」

「『【玄《ゲン》】との講和にしかず』、と？」

公道《コウドウ》が言葉を遮り、目の前の机を太い指で幾度か叩《たた》きました。

――その瞳にあるのは、政敵を蹴落とす機会を得た嗜虐《しぎゃく》。

ぎょろり、と瞳を動かし、大袈裟《おおげさ》に首を振ります。

「これはこれは……宰相代理殿も異なことを仰《おっしゃ》られますなぁ。彼奴等《きゃつら》は所詮、悍《おぞ》ましき馬人っ！　平和を希求せし我が兄――帝国宰相、林忠道《リンチュウドウ》が雄々しくも単身『敬陽《ケイヨウ》』へと出向いた結果、如何《いか》なる仕儀と相成ったか、よもや忘れたわけではありますまい？」

兄上の御前で面罵された、楊祭京《ヨウサイケイ》の顔が屈辱に歪《ゆが》みました。

カタカタと身体を怒りで震わせながらも問いを返します。

「……私は意見を述べた。次は貴殿の御意見をお聞かせ願いたい」

「愚問ですなぁ」

嘲りながら立ち上がった公道《コウドウ》は、肥えた身体を天壇前へと進ませました。

皇族と護衛兵を除けば、『林《リン》家』と『楊《ヨウ》家』のみが持ち込みを許されている短剣の柄を握り、傲然と主張します。

「**無論――決戦あるのみっ！**」

『…………っ』

皆が声ならぬ呻《うめ》きを発し、戦況説明を行った岩烈雷《ガンレツライ》は顔を歪めました。

表情を一切変えないのは兄上の寵臣《ちょうしん》である禁軍《きんぐん》元帥、黄北雀《オウホクジャク》だけです。

堂の外に雷が轟く中、公道《コウドウ》が平伏《ひれふ》しました。

「陛下——畏れながら申し上げます。【西冬《セイトウ》】で不覚を取ったとはいえ、我が軍は未《いま》だ健在であります！　確かに、戦局我に利あらず『湖洲《コシュウ》』『安州《アンシュウ》』『平州《ヘイシュウ》』を喪《うしな》いました。徐《ジョ》家のみならず宇《ウ》家すらも離反の動きを見せております。ですが、両家は二心抱く者達。何程のものがございましょうや。都を守る大水塞、それに付随せし水塞群は難攻不落。馬人共とて突破すること能《あた》わず‼　防衛戦で彼奴等を疲弊させた後、堂々と決戦を！」

閃光《せんこう》が走り、今日最大の雷が降り注ぎました。

まるで……天が泣いているかのようです。

玉座の兄上は懊悩《おうのう》された御様子で額に手をやられ、絞り出すような声で寵臣に見解を尋ねられます。

「……北雀《ホクジャク》、どうか？　軍は決戦で本当に勝利し得るか⁉」

「畏れながら申し上げます」

やはり、禁軍元帥は一切表情を変えません。

……少し怖い。芽衣《メイ》が傍《そば》にいてくれたら、安心出来るのですが。

外で控えてくれている幼馴染《おさななじみ》の少女のことを私が考えていると、北雀《ホクジャク》は天壇前へと進み、深く頭《こうべ》を垂れました。

「岩《ガン》将軍の報告と昨今の戦況を鑑《かんが》みるに――決戦は亡国を招く、と確信致しております」

同じ主戦派だと確信していた隣の公道《コウドウ》だけでなく、他の人々も驚愕《きょうがく》。私も口を押さえてしまいました。

「なっ⁉」『!』「……え？」

北雀《ホクジャク》は林忠道《リンチュウドウ》と共に西冬《セイトウ》侵攻を強硬に主張しただけでなく、その敗戦の責を徐秀鳳《ジョシュウホウ》と宇常虎《ウジョウコ》に押し付けたと聞いていたのですが……。

真っすぐ兄上を見たまま、一切の感情を露《あら》わにしないまま禁軍元帥が続けます。

「現状、我が国は【玄《ゲン》】【西冬《セイトウ》】だけでなく……遺憾ながら降将、魏平安《ギヘイアン》率いる軍と北方で相対し、南方の徐《ジョ》家軍にも対応を迫られております。単純な兵力では、我が軍が約十万。忠道《チュウドウ》殿の遺臣にして我が参謀、田祖《デンソ》の調べによれば敵は最低でも三十万を超すでしょう」

想定される戦力差は優に三倍。

『攻める側は、固く守る相手に対し三倍の兵を持つのが好ましい。誰しもが、単騎で十万の兵をも凌駕し【皇英《こうえい》】になれるわけではないのだ』

煌《トウ》帝国の大丞相《じょうしょう》【王英《おうえい》】は、事あるごとに将兵を諭していたと伝わります。

敵はその言葉通り以上の戦力を揃《そろ》えてきている……。

無表情の北雀《ホクジャク》が冷徹に言い切ります。

「これではとても『決戦』など出来ませぬ。大水塞は難攻不落かもしれませぬが、人の手で造られた物。綻びがあれば、【白鬼《はっき》】はそこを容赦なく突きましょう。……奴《やつ》はその異名の通り、人ではなく鬼なのです」

『………』

廟堂の空気が凍り付きました。

――玄《ゲン》皇帝【白鬼】アダイ・ダダ。

長い白髪で一見少女のような容姿。剣も振るえず、弓も扱えず、馬にすら乗れない。けれど、勇猛を通り越し、蛮勇を謳《うた》われる玄《ゲン》の『狼《おおかみ》』達はアダイにひれ伏し、絶対の忠誠を誓っています。

自分達が束になっても鬼には勝てないから……。

公道《コウドウ》が今にも摑《つか》みかかりかねない勢いで食って掛かります。

「で、では、禁軍元帥殿はどうお考えかっ！　よもや、降伏などと言い出すつもりではありますまいなっ⁉」

「降伏なぞ……考えたこともありませぬ。そうであるなら『蘭陽《ランヨウ》』で死んでおります」

今日初めて、感情を微《かす》かに覗《のぞ》かせ北雀《ホクジャク》は跪《ひざまず》きました。

窓の外に稲妻が走り、空を震わせます。

「陛下、畏れ多きことながら……【三将】亡《な》き今の我が軍に、全てを守り切る力はございません。全てを守ろうとすれば、全てを喪いましょう」

『！？！！』

公道《コウドウ》、祭京《サイケイ》を含む多くの者達が顔色を変えました。

【鳳翼《ほうよく》】徐秀鳳《ジョシユウホウ》。【虎牙《こが》】宇常虎《ウジョウコ》。

——そして【護国《ごこく》】張泰嵐《チョウタイラン》。

長きに亘《わた》り国を護《まも》り続けてきた名将達を殺したのは【玄《ゲン》】ではなく、権勢を欲《ほっ》した林《リン》忠道《チュウドウ》達であり、『蘭陽《ランヨウ》』の地で先走り、全軍潰走の切っ掛けを作った黄北雀《オウホクジャク》であり……奸臣《かんしん》達に『講和の為《ため》』と押し切られる形で、張泰嵐《チョウタイラン》の処刑に同意した兄上なのです。

しかし玄《ゲン》との講和は誰しもが知るように不成立に終わりました。

それどころか、アダイ直筆の書簡にて、

『我等の為に、ここ千年来で最高の名将を殺してくれたことを感謝申し上げる』

という、皮肉が届けられる始末。

以来、兄上は体調を著しく悪化させ、寵姫《ちょうき》である羽兎《ウト》に、以前にも増して依存するようになられました。北雀《ホクジャク》の指摘は直截的《ちょくせつてき》な罵倒に外なりません。

この場で手打ちにあってもおかしくはない発言——ですが、兄上にそんなつもりはないようで、疲れ切った声で先を促されます。

「……遠慮は不要。はっきりと存念を申せ」

「はっ」

顔を上げた禁軍元帥は、右往左往している血筋だけの楊祭京《ヨウサイケイ》と、布で汗をしきりに拭う林公道《リンコウドウ》とを一瞥《いちべつ》しました。

「まず——先に宰相代理殿と副宰相殿の独断で南方へと布陣させた禁軍を、即刻『臨京《リンケイ》』へ御集めください。さすれば、前線の岩《ガン》将軍に予備兵力を渡すことが可能となります」

「ば、馬鹿なっ！　南方を捨てると仰られるのかっ‼」

「む、謀反《むほん》人、徐飛鷹《ジョヒヨウ》が都へ進軍した際に対応が……」

二人が揃って反論しようと立ち上がろうとし、北雀《ホクジャク》に手で制されます。

「徐《ジョ》家軍は南域で暴れ回っておりますが北に進んでおりませぬ。先年の西冬《セイトウ》侵攻戦で受けた軍の傷は深く、兵站《へいたん》も保てぬのでしょう。岩《ガン》将軍、私の見解は間違っているだろうか？」

「――……いえ。同意致します」

話を振られた歴戦の将は、嫌悪《けんお》を抱いていただろう相手に困惑しながらも、はっきりと自分の意見を口にしました。

北雀《ホクジャク》は会釈《えしゃく》で謝意を示し、兄上と視線を合わせます。

「陛下、我等が戦うべきは徐飛鷹《ジョヒヨウ》ではありませぬ。【白鬼】なのです」

今日最大の雷が閃光を発し、廟堂《びょうどう》も一瞬だけ真っ白に。

直後、聞こえて来た轟音《ごうおん》に宰相代理と副宰相は身体《からだ》を竦《すく》ませ「「ひっ」」と悲鳴をあげ、へたり込みました。

そんな中でも、禁軍元帥は発言を止めません。

「また、西方の宇《ウ》家へも急ぎ勅使をお遣わしください。無論――救援を請《こ》うものです」

ピクリ、と兄上の肩が動きました。

「……使者は『武徳《ブトク》』まで辿《たど》り着けず、追い返されたのだろう？」

「殺されておりませせぬ。徐飛鷹は殺しました」

徐《ジョ》家とは無理でも、宇《ウ》家とならばまだ交渉の余地があると？

なら──なら、私がなすべきことは。北雀《ホクジャク》が真摯に訴えます。

「打てる手は全て打たねばなりません。……講和が不可能である以上、我等は勝たねばならぬのです」

『…………』

今日何度目でしょうか、重い沈黙が廟堂に満ちました。

無謀極まる西冬《セイトウ》侵攻戦により、一族の当主と多くの将兵を無為に喪った宇《ウ》家が、都の私達に対し良い気持ちを抱いていないのはまず間違いありません。

徐飛鷹《ジョヒヨウ》のように叛乱《はんらん》を起こすまでに至っていなくとも、交渉出来るかどうか……。

やがて、苦しそうに息を吐かれた兄上が皆へ命じられます。

「……本日は此処《ここ》までとする。皆、御苦労であった」

御前会議が終わった直後。

皇宮最奥《さいおう》へと続く絢爛豪華《けんらんごうか》な廊下で私は皇帝陛下に追いつきました。

「兄上！」

「……美雨《ミウ》、そのような大きな声で呼ぶな。頭痛が引かぬのだ」

秀麗な顔立ちには拭い難《がた》き色濃い疲労。酒精の影響もあるのでしょう、肌も荒れているように思います。

廊下の奥に、長い薄紫髪が印象的で絶世の美を持つ寵姫――林忠道《リンチュウドウ》の養女だった、羽《ウ》兎《ト》が歩いて来るのが見えました。時がありません。

胸元の守り袋を握り締め、乞います。

「お願いがございます。私を『武徳《ブトク》』へお遣わしください」

兄上が外へ視線を動かされました。

ようやく雷は止《や》んだものの、どす黒い曇天です。

「……意味を理解しておるのか？　幾らお前の母が西域有数の名家『波《ハ》』族出身と謂《い》えど、私の妹なのだ。宇《ウ》家は私を深く恨んでいよう。殺されるかもしれぬのだぞ」

「覚悟しております」

素直に言って、兄上は頼りない皇帝です。

奸臣の讒言《ざんげん》で国家の忠臣を軽んじ、自らが主張した西冬《セイトウ》侵攻が大失敗に終わってからは寵姫と酒精に依存。様々な国難に対応らしい対応もせず、国家の柱石たる楊文祥《ヨウブンショウ》が暗殺された際ですら、狼狽《うろた》えるばかり。

――極めつけは、冤罪《えんざい》での【張護国《チョウ》】処刑。

後世において『為《な》すべきことを為す時に動かず。為さざるべき時にのみ動き、国家の衰亡を招いた』愚帝の典型例として挙げられるでしょう。

それでも……目の前で懊悩《おうのう》されるたった一人の兄を見捨てる気にはなりません。

私が視線を外さずじっと待っていると、栄《エイ》帝国皇帝、光柳浦《コウリュウホ》は朱で塗られた柱に手を置かれ歩みを再開されました。

「………好きにせよ。後程、勅書を届けさせる」

「有難《ありがと》うございます」

寵姫の下へ向かわれる兄上の姿が見えなくなるまで、私は頭を下げ続け――静かに後方の少女へ話しかけます。

「芽衣《メイ》、都にいる者で宇《ウ》家と繋《つな》がりのあるのは」「此方《こちら》を」

振り返ると、頼りになる私の幼馴染《おさななじみ》兼従者が紙片を差し出してきてくれました。素早く目を通します。

――新興の大商人『王家《オウ》』、ね。

短い茶髪の少女に指示を出します。

「急いで会談の連絡をして。急がないと……【栄《エイ》】は本当に滅んでしまうわ」

＊

「うぬぅ……こいつは…………」

俺、張隻影《チョウセキエイ》の前で、敷かれた畳の上で胡坐《あぐら》をかいた白髪白髭《しらひげ》の爺《じい》さんが呻《うめ》き、汚れの酷《ひど》い小箱を隅々まで調べている。相当な歳《とし》だと思うが、矍鑠《かくしゃく》としたもんだ。

――『虎殺し』率いる賊の討伐から数日。

俺は幼馴染の白玲《ハクレイ》と一緒に、武徳《ブトク》郊外の古びた工房にやって来ていた。時間のある内に、例の戦利品として譲渡された謎の小箱について、調べてもらおうと思ったのだ。

今日は、瑠璃《ルリ》と一緒に鷹閣《ヨウカク》付近の地勢確認へ出向いているオトの話だと――

『頑固者ですが、腕は確かです。金属を用いた細工箱を作らせたら、西域でも屈指だと思います』

見本用らしく、金属細工や細工箱が長机の上に整然と置かれているが、どれも見事な出来だ。壁にかけられている短剣だけは場違いだが。

しげしげと眺めていると、奥から、爺さんの娘と孫？　と白玲《ハクレイ》の楽しそうな笑い声が聞こえてきた。

……あの二人は爺さんと違って愛想《あいそ》が良かったんだがなぁ。

コトリ、と俺が持ち込んだ小箱を机に置き、爺さんが薬缶《やかん》から碗《わん》へ茶を注いだ。

「おい、坊主《ぼうず》。この小箱を何処《どこ》で手に入れた？　ああ、適当に座れ。茶が欲しいなら自分で入れろ」

「お、何か分かったのか？」

俺は木製の椅子に遠慮なく腰かけた。古いが、恐ろしく頑丈だ。

近くの金継ぎされた碗を取り、薬缶から勝手に茶を注ぐ。

白髭をしごき、爺さんが太く傷だらけの指で小箱に触れる。

「詳細は汚れを取ってみないと分かりかねるが、こいつには俺らの用いる技巧も使われている。だが……見てみろ」

爺さんは俺の前に、使い込まれた数本の工具を差し出した。

——どれも刃が欠けている。

「若い頃、西域最高の砂鉄で、当代随一の鍛冶師《かじし》に打ってもらった代物だ。お前が『何をしても良い』と言ったんで抉《こ》じ開けようとしたら、刃の方が負けた。小箱には傷一つつかねぇ。……何なんだ、こいつは？」

「それを知りたいんだよ」

苦笑して、茶を飲む——独特で美味《うま》いな。明鈴《メイリン》との利《き》き茶対決で使えそうだな。

奥の方では元気に幼女がはしゃいでいる。

「お姉ちゃんの髪と眼《め》、とっても綺麗《きれい》だね！　キラキラしてて、いいなぁ～」

「あ、ありがとう」

白玲《ハクレイ》は幼女に懐《なつ》かれたようだ。

『銀髪蒼眼《そうがん》の女は災厄を齎《もたら》す』

そんな言い伝えが死語になるのも近いか。碗を置き、称賛する。

「ただ、あんたが分からないんじゃ、西域にこいつが何かを分かる奴《やつ》なんていないんだろうな。他の金属細工を見せてもらった。大した腕だ」

「……ふんっ」

爺さんの険しい表情が微《かす》かに和らいだ。

懐《ふところ》から布袋を取り出す。

「工具、悪かったな。代金は——」「いらねぇよ」

言葉の端々に感じたのは強い拒絶。この爺さんとは初対面なんだが。

背を向け、爺さんは丁寧に工具を仕舞い始めた。

「黒髪紅眼の青年と銀髪蒼眼のお姫様——あんた達、張《チョウ》家の方々なんだろう？　なら、御代《おだい》なんざ死んだって受け取れねぇ」

俺達を知っているから、代金を受け取れないだって？

工具は明らかな業物だった。

研ぎ直すにしても、相応の手間と費用がかかると思うんだが……。

「……いや、そいつは」

「俺ぁ、若い時分に連れを喪《うしな》っちまって、子供もいねぇ」

突然、爺さんが自分の身の上を話し始めた。

——あれ？　じゃあ、さっきの女性と幼女は誰なんだ⁇

「けど、有難《ありがた》い事に幾人か弟子を育てられた。一番出世した奴ぁ、『臨京《リンケイ》』に工房を持ったし、名高い貴族や大商人と取引きした奴だっている。その中で一番若くて、出来の悪い奴が……何を思ったか、軍に志願しちまいやがったんだ。当時、何度怒鳴り散らしたか分かったもんじゃねぇ。……誰に似たのか頑固者で聞きやしなかったが。お前さんが座っている椅子と金継ぎの碗は、あいつが最後に作った物だ。出来が悪《わり》ぃだろう？」

「…………」

肩越しの瞳には喜びと、深い哀《かな》しみが見て取れた。

……そうか、あの娘さんと子供は弟子の。

爺さんが目を細め、窓へ目をやる。

「あいつには、金属細工を作るよりも軍人としての才があったんだろう。トントン拍子に出世しちまいやがって……あれよあれよと言う間に嫁を貰《もら》い、娘が生まれ、【虎牙《こが》】様の副官にまで抜擢《ばってき》されちまった。将軍が工房に来た時は、さしもの俺もぶるったもんだ」

「！」

オトがこの工房を知っているわけだ。

──爺さんの声が低くなった。

「【西冬《セイトウ》】への出征が決まった日、あいつは夜に一人で訪ねて来た。そして……工房前の地面に頭を何度もこすり付けながら、こんなことを言ってきやがったんだ。『師匠、今まで大変お世話になりました。天涯孤独の俺を引き取り、育てていただいた大恩！　まるで返せていませんが……此度《こたび》の戦、生きて戻っては来られないと思います。俺が死んだ後、妻と子供のことをどうか……どうかっ、よろしくお願い致します。貴方《あなた》にしか頼めないのです』。あいつは……あいつには分かっていたんだろうな……」

オトと色違いの民族衣装を着た白玲《ハクレイ》が、奥からそっと顔を覗《のぞ》かせたので手で『大丈夫だ』と合図。察しが良いうちのお姫様は『了解です』と得心し戻っていく。

棚から数冊の古書を取り出し、爺さんが続きを語る。

「軍が出陣して暫《しばら》くして、大敗の噂《うわさ》が聴こえてきた。宇《ウ》将軍だけでなく、殆《ほとん》ど全員が『蘭《ラン》陽《ヨウ》』の地で戦死したという。……俺は信じなかった。当たり前だっ。俺は弟子に『自分の命と家族を大切にしろ』とは教えたが、『命を捨てろ』なんぞ教えちゃいない。あいつは帰って来るっ。そう信じて、あいつの嫁や娘と一緒に待ち続けた」

宇《ウ》家軍は戦場で勇戦した。相対した『灰狼《かいろう》』も称賛したとも聴く。

だが、その生き残りは決して多くない。

——老職人が振り返った。

その瞳から滂沱《ぼうだ》の涙が零《こぼ》れ落ちていく。

「そしたらなぁ……あの野郎っ。自分は首尾よく重囲を抜けたってのに、『見捨てたら師匠に怒鳴られてしまう』と笑いながら戦友達を助ける為《ため》に何度も戻った挙句………深手を負って、『武徳《ブトク》』に帰れず死んじまいやがったんだ。とんでもねぇ馬鹿野郎だっ！」

この老人は弟子を愛していたんだな。

親父《おやじ》殿が拾われ子の俺を愛してくれたように。

涙を袖で拭い、爺さんが壁の短剣に触った。

「こいつを届け、最期《さいご》を教えてくれたのは……弟子の戦友達だ。あいつは何度も何度も、お前さん達の話をしていたらしい。『張家軍《ちょうかぐん》の方々が命を賭《と》して敵軍の重囲の一角を切り崩してくれなければ、俺達は全滅していた。今、俺達がこの場にいるのは、一人でも多くの兵を救われようと囮《おとり》になられた宇《ウ》将軍と、あの方々のお陰だ』ってな」

「…………」

オト達も同じようなことを言っていた。戦場は時折、この手の気紛《きまぐ》れを引きおこす。

老職人は膝をつけて座り込み、畳につける程、頭を下げた。

「……あいつの師として……父として感謝するっ。心の底から感謝するっっ。あんた達のお陰で、俺の愛弟子《まなでし》は、息子はっ！　……その責務を全う出来た……」

隠れて聴いていたらしい白玲《ハクレイ》が奥から出て来た。

自然な動作で俺の隣へ進み、手を握る。

顔を上げた爺さんは少しだけ驚き、表情を緩めた。

「……聴かれちまったか。言っておくが、お前さん達の武勲譚《たん》を知っているのは俺だけじゃねぇぞ？　オト御嬢様《おじょうさま》達を救ってくれた話なんざ、知らねぇ奴は武徳《ブトク》どころか、西域にもまずいねぇよ」

「「…………」」

俺は思わず白玲《ハクレイ》と目を合わす。

やけに待遇が良いな、とは思ってたんだが……。

勢いよく爺さんが膝を叩《たた》き、古書を捲《めく》った。

「西域の人間は義理堅い。受けた恩は必ず返す。──この小箱を俺に預けてくれ。汚れを取り、詳しく調べてみよう」


工房を出て、俺と白玲《ハクレイ》は古い建物が多く残る街の大通りを歩いて行く。

武徳《ブトク》は栄《エイ》の中でも、最も長い歴史を持つ古都なせいか、街並みがすっきりとしている印象だ。統一感のある赤瓦の屋根と賽《さい》の目《め》上に通された捷水路《しょうすいろ》は特に美しい。王英《おうえい》の奴が気合を入れて都市の縄張りをしたせいだな、きっと。

人々にも活気があり、売っている物も独特。露天の店からツンとした辛い匂いが漂ってくる。今度は覗きに来たいもんだ。

空は雲一つない快晴で、時折吹く風が俺達の髪をそよぐ。

「……にしても、縁ってやつだなぁ」「……そうですね」

俺達の奮戦にも意味はあった。

けど……あんな戦がなければ、白玲《ハクレイ》に懐き別れる際、中々離れようとしなかった幼女の父親は死なずに済んだ。世の中儘《まま》ならない。

白玲《ハクレイ》が細い人差し指を立てると、腰の【白星《はくせい》】が上下した。

「だけど、改めて言っておきます。今回の一件と貴方が単騎で突撃したがるのは、全く別の話です。今度、私がいない時にしたら──分かっていますね？」

綺麗に微笑《ほほえ》み、懐から紐《ひも》を取り出して、距離を数歩詰めて来た──花の香り。

両手で必死に押し止める。

「待て待て。当然のように紐を取り出そうとするなっ！　瑠璃《ルリ》やオトまで常時持ち歩くようになったらどう責任を取るんだよっ⁉」

「？　瑠璃《ルリ》さんとオトさんも、持ち歩いていますけど⁇」

「な、んだと……？」

俺は戦場でも感じたことのない慄《おのの》きを感じ、よろよろと後退した。

頭を抱え、蹲《うずくま》りたくなるのを辛《かろ》うじて耐える。

「ああ……なんてこった。張白玲《チョウハクレイ》ともあろうものが、そんな倒錯じみた趣味に片足を突っ込んじまうとは…………」

「失礼ですね」

銀髪の美少女は紐を仕舞うと、今度は紙片を取り出した。

……何やら見たことのある字ばかりだが。

「『**全ての罪は張隻影《チョウセキエイ》に**』――私達及び明鈴《メイリン》の間で合意が既に形成されています」

「止《や》めてっ！　俺がいない所で、俺の罪状を偽造しないでっ‼」

「それは貴方次第ですね」

「ぐぅ……」

駄目だ。勝ち目が、勝ち目がないっ。親父殿、どうか助けてください。

落ち着く為、俺は【黒星《こくせい》】の柄に触れ、憎まれ口を叩く。

「はぁ、どっちが意地悪なんだかっ！」「私は優しくて綺麗な女の子なので違いますね」

俺の右手首に紐を結び付け、白玲《ハクレイ》が引っ張る。

「さ、帰りに何か買って帰りましょう。勿論《もちろん》、貴方の奢《おご》りですよ、隻影《セキエイ》？」

＊

「白玲《ハクレイ》御嬢様、隻影《セキエイ》様、お帰りなさいませ♪」

「朝霞《アサカ》、ただいま」「これ市場で買ってきた土産だ。みんなで食べてくれ」

宇《ウ》家の屋敷《やしき》内で俺達を待っていたのは、肩までの鳶《とび》茶髪で細身な白玲《ハクレイ》付き女官——朝霞《アサカ》だった。左手には急須や碗《わん》の載せたお盆を持っている。

敬陽《ケイヨウ》からこの地までついて来てくれた快活女官は、右手で紙袋を受け取り、満面の笑みを浮かべた。

「ありがとうございます。珍しい菓子でございますね」

「小麦を棒状にした物をカラッと揚げて、たっぷり砂糖をかけてある。『西域特産品を全部使ってみた！』な感じだな。美味《うま》かったぞ。白玲《ハクレイ》なんて買った分を殆ど一人で——」

「隻影《セキエイ》？」

銀髪の少女が俺の背中に立った。死地！

頬を冷や汗が伝うのを自覚しつつ、強引に話題を変える。

「と、ところでだ、朝霞《アサカ》。お茶を用意してたってことは、瑠璃《ルリ》達はもう帰ってるのか？」

「はい。今は香風《コウフウ》様の御部屋へ出向かれていらっしゃいます」

「ん？　ってことは」「他に御客さんが？」

俺達の疑問に対し、朝霞《アサカ》は笑みを深めた。

窓から東風が入り、小鳥達が気持ちよさそうに鳴いている。

「とても懐《なつ》かしい御方が、御二人のお帰りを今か今かとお待ちに。お急ぎください」

客間で直立不動の姿勢で俺達を待っていたのは意外な人物だった。

「隻影《セキエイ》様！　白玲《ハクレイ》御嬢様！　お久しゅうございますっ‼　……御無事でっ」

部屋に踏み入れた途端、涙を流しながら片膝をついたのは、精悍《せいかん》な容貌の青年武将。

苦難の旅だったのだろう、外套《がいとう》や着こんだ軽鎧《けいがい》、剣の鞘《さや》も汚れている。

「「て、庭破《テイハ》⁉」」

慌てて駆け寄り、俺と白玲《ハクレイ》も膝をつく。

――青年武将の名は庭破《テイハ》。

俺と白玲《ハクレイ》にとっては祖父同然だった礼厳《ライゲン》唯一の縁者であり、『敬陽《ケイヨウ》』を託してきた男でもある。半年ぶりの再会だ。

「いや驚いたぜ。まさか、お前が此処《ここ》に来るなんて……」

「大変だったでしょう？　よく『鷹閣《ヨウカク》』を通れましたね」

宇《ウ》家は敵軍の襲来に備え、要害の地を固く閉ざしている。

……どうやって、抜けたんだ？

不思議そうな俺達の顔を見やり、庭破《テイハ》が種明かし。

「道中は王《オウ》商会の助力が……。他の者は『鷹閣《ヨウカク》』に留め置かれましたが、私は宇《ウ》家の方の特別な計らいにて、先へ進むことを許されました」

「そうか」「そうでしたか」

白玲《ハクレイ》が俺を見てきたので頷《うなず》く。庭破《ティハ》以外にも来た者が！

それにしても、宇《ウ》家の計らい、ねぇ……。婆《ばあ》さんかな？

肩を叩いて庭破《ティハ》を椅子に座らせ、俺達は深々と頭を下げた。

「すまなかった。お前に後始末を押し付ける形になっちまって」

「申し訳ありませんでした」

――占領都市の代表者。

どれ程の重圧だったかは、こけた頰を見れば分かる。

頭を下げるくらいしか出来ないのが心苦しい。

ガタン、と椅子を倒して庭破《ティハ》が立ち上がり、慌てる。

「お、御顔を上げてください！　あのような状況では致し方ないこと、と理解しております。御二人に頭を下げさせたと知られれば『鷹閣《ヨウカク》』に残った者達に怒られてしまいます」

「ありがとうな」「ありがとうございます」

ゆっくりと身体《からだ》を起こすと、目の前に朝霞《アサカ》がお茶の碗を置いていく。良い香りだ。

対面の長椅子に座り、俺は青年武将へニヤリ。

「にしても――そもそもよく『敬陽《ケイヨウ》』から出られたな？　正直、アダイはお前を登用する、と思ってたぜ」

「……幾度か公式な書簡では誘いを。またこれは今でも信じられないのですが」

心底美味そうにお茶を一口飲み、青年武将は視線を落とした。

――そこにあるのは微《かす》かな畏敬。

「『敬陽《ケイヨウ》』を去る旨《むね》を申告した際、私は玄《ゲン》皇帝に召喚され、あろうことか直接謁見する機会を得ました。……斬られるのだ、と覚悟していたのですが」

庭破《テイハ》はそこで一度言い淀《よど》み、奇妙な体験を語り始めた。

＊

「ふむ。職を辞し『敬陽《ケイヨウ》』を去りたい、と申すのだな？　名は……庭破《テイハ》、であったか」

「はい。太守代理を務めております」

目の前の玉座に座る、長い白髪を持ち、少女の如《ごと》き容姿な玄《ゲン》帝国皇帝【白鬼《はっき》】アダイ・

ダダに対し、私は深く頭を下げました。

敬陽《ケイヨウ》郊外に大天幕を用いて作られた謁見の間は、信じられない位に巨大。

十数名の見るからに歴戦の将達と、西冬《セイトウ》で製造されたと思《おぼ》しき金属鎧を身に着けた警護の兵達が、私へ鋭い眼光を向けています。

かつてならば臆し、醜態を晒《さら》してしまったでしょうが……。

敷かれた異国の絨毯《じゅうたん》に片手をつき、敵皇帝へ説明します。

「貴軍が『湖洲《コシュウ》』を占領して数ヶ月。略奪を未然に防いでいただいたお陰で、民の多くは平穏を取り戻しております。張《チョウ》将軍と老礼厳《ライゲン》将軍、戦死した兵達の弔い、文官への引継ぎも終わり、私の存在意義はございません」

「……ふむ」

アダイは少し考え込み、頬杖《ほおづえ》をつきました。

言葉の選択を間違えれば……生きては帰れない。汗が頬を伝います。

外見はか弱き少女ながら、瞳に底知れない深さを持つ皇帝の問いかけ。

「お前は『老礼厳《ライゲン》』の縁者なのだろう？　彼《か》の老将の名は軍内だけでなく、我が国全体にも轟《とどろ》いている。張泰嵐《チョウタイラン》とあれ程の将に一兵の増援を送る事すらしなかった【栄《エイ》】に忠《ちゅう》を尽くしたとて……汝《なんじ》が報われるとは思えぬが？」

「我が忠は、ただただ『張家《チョウ》』に向けられております」

私は顔を上げ、アダイと視線を合わせました。

『何時如何《いついか》なる時でも笑え、そいつも将の大事な仕事だ』

隻影《セキエイ》様の言葉を支えに、無理矢理に笑います。

「『敬陽《ケイヨウ》』にも私のような者は多く……敵《かな》わぬまでも、何《いず》れ必ず貴方様《あなたさま》へ反旗を翻《ひるがえ》すことになるでしょう。だからといって、我等では束になっても貴方様には勝てますまい。故にその者らを連れて去りたいのです。貴方様に勝てる方の下へ」

『!?』

天幕内がざわつきました。

一部の将は剣の柄に手をかけています。

「――フッ。言うではないか」

しかし、当のアダイは面白そうに、顎へ手をやりました。

熱を帯びた冷たき瞳を細め、天井部分から覗《のぞ》く蒼穹《そうきゅう》を見上げます。

「**『将たる者、何時如何なる時でも笑え』**――張隻影《チョウセキエイ》が汝に信を置くわけよ」

「………」

私は何も答えられず、ただ頭を下げるのみ。

……【白鬼】が隻影《セキエイ》様と同じ言葉を発するとは。

アダイが華奢《きゃしゃ》な左手を掲げる気配を感じました。

「良かろう。辞去を差し許す」

「！　あ、有難《ありがと》うございます」

こうも簡単に許可が⁉

戸惑う私に対し、アダイは、ニヤリと笑いました。

「汝が合流を望む張隻影《チョウセキエイ》と——銀髪蒼眼《そうがん》を持つ張《チョウ》家の娘の居場所だが、西域の『武徳《ブトク》』であろう。険しき地ぞ。気を付けて行くが良い。必要な物あらば遠慮なく申し出よ」

「っ！　な、何を……⁉」

そこまで分かっていながら私達を支援する、と？

居並ぶ将達の内、老元帥と呼ばれた将も苦い顔になっています。

アダイは細く白い手を伸ばし、脇机に置かれた——おそらく、桃の紅花に触れました。

「そのように不思議そうな顔をするな。『名将の下に弱卒無し』——彼の【皇英《こうえい》】が正にそうであった。張泰嵐《チョウタイラン》の息子たる者もそうでなくてなんとする？」

「！」

背中に雷が走るとは、このような時に使う言葉なのでしょう。

アダイ・ダダは紛れもなき英傑。『狼《おおかみ》』達の主《あるじ》に相応《ふさわ》しき者。

『⁉』「へ、陛下、いけませぬっ！」

諸将と老元帥が騒然とする中、玉座を立ち、私のすぐ傍《そば》へやって来たアダイは、耳元で最後にこう囁《ささや》きました。

「（張隻影《チョウセキエイ》に伝言を頼みたい。『何れ我等に相応しい戦場にて。それまで息災であれ、【双星の天剣《てんけん》】を振るう者よ』）――御苦労であった、張《チョウ》家の忠臣よ。下がって良い」

＊

「……そいつはまた」「……凄《すご》い体験をしましたね」

俺と白玲《ハクレイ》は庭破《テイハ》の話を聞き終えると、表情を引き攣《つ》らせた。

【白鬼】本人への謁見って……栄《エイ》国内だと生きた身で、誰もやったことないんじゃないか？　敬陽《ケイヨウ》へ出向いた林忠道《リンチュウドウ》は捕えられて、奴等《やつら》の首府である『燕京《エンケイ》』へ送られて、それきりらしいし。

「……このようなことを言うのは、憚《はばか》られるのですが」

庭破《テイハ》は朝霞《アサカ》の淹《い》れてくれたお茶を一口飲み、顔を伏せた。

室外からは微かに男と女の怒声が聴こえる。……博文《ハクブン》とオト、か？

「玄《ゲン》皇帝は名君です。現在の状況においても、皇宮の奥で林《リン》家出身の寵姫《ちょうき》と戯《たわむ》れていると洩《も》れ伝え聴く我が国の皇帝とは……余りにも器の差が。都でも民の多くがからかい混じりの流行《はや》り歌を口ずさんでいるとも」

青年武将の言葉の端々には怒り。

……こいつにここまで言わせるとは、度し難《がた》いな。

憂い顔の白玲《ハクレイ》が俺の袖を指で引っ張った。何とかしろ、と。

「取りあえず、だ」

手を叩《たた》き、庭破《テイハ》の顔を上げさせる。

こんな所まで来てくれた忠義者へ、不敵に笑う。

「よく来た！　頼りにするぞ？　『鷹閣《ヨウカク》』の連中も含めてな」

「――はっ！」

拭い難い暗さのあった青年武将の顔がようやく緩んだ。

揚げ菓子を口に放り込むと、独特な風味が広がった。揚げて砂糖を振っただけじゃなく、香り付けもか。美味《うま》い。

「【白鬼】は間近に見てどうだった？　信じられないくらいの美形で華奢《きゃしゃ》。美少女に間違えられるって話は本当――……え、えーっと、白玲《ハクレイ》さん？」

横から伸びて来た細い手によって、揚げ菓子の紙袋を攫《さら》われる。

銀髪の少女がそれはそれは綺麗《きれい》な微笑を浮かべた。

「……何か？　ふしだらな質問をする張隻影《チョウセキエイ》さん？」

こ、こえええぇ。

朝霞《アサカ》と庭破《テイハ》に目で助けを乞うも「お疲れでございましょう。温泉の場所を案内致します」「ありがとうございます」と白々しく話しながら部屋を出ていく。薄情者共めっ！

白玲《ハクレイ》が大仰にそっぽを向く。

揚げ菓子を次々と食べながら、文句。

「まったくっ！　聞くべきことはもっと他にあるでしょう？　なのに、まず聞くのが外見だなんて……幾ら綺麗な子が好みでも節度を保ってください」

「え、冤罪《えんざい》が過ぎるっ！　あと、全部食べるなっ。そいつは俺の分だっ‼」

「？　貴方の分は私の分では⁇」

「本気で不思議そうにすんなっ！」

二人してギャーギャー言い合っていると、黒猫のユイが机の上に跳び乗った。

窘《たしな》めるように一鳴きすると共に、少女の声が耳朶《じだ》を打つ。

「……お馴染《なじ》みの痴話喧嘩《ちわげんか》しているところ、悪いんだけど」

「ここにも誤解する阿呆《あほう》がっ」「瑠璃《ルリ》さん、痴話喧嘩じゃありません」

俺と白玲《ハクレイ》は文句を言いつつ部屋の入り口へ目を向ける。

そこには案の定、青《あお》帽子で自分を扇ぐ瑠璃《ルリ》がいた。

眉間に皺《しわ》を寄せ、困った顔になる。

「ちょっと来てくれない？　……こっちの兄妹喧嘩《きょうだいげんか》は洒落《しゃれ》にならない感じなのよ」

＊

「少しは私の言うことを聞けっ、オト！　お前は二度と戦場に出るなっ‼」

「……断固御断りします。何度言えば分かってくださるのですか、兄上？」

香風《コウフウ》の執務室から聞こえてきたのは、宇博文《ウハクブン》の苛立《いらだ》たしそうな声と、オトの冷たい返答だった。一触即発な様子だ。

……確かに、こいつはヤバイかもな。

白玲《ハクレイ》、瑠璃《ルリ》に目配せし、着いて来た庭破《テイハ》には手で廊下での待機を指示。

入り口の小さな鈴を鳴らし、部屋の中へ入ると、疲れた様子で椅子に座る香風《コウフウ》の面前で、宇《ウ》兄妹が睨《にら》み合っていた。

「「………」」

三人の視線が先頭の俺へ集中。

いたたまれなくなり、頬を掻《か》く。

「あ～──……何か取り込み中みたいだな？　後でまた」

「「こっほん」」

これ見よがしに白玲《ハクレイ》と瑠璃《ルリ》が咳払《せきばら》いをした。

しかも、背中まで押して来る。分かったたっ、分かったたからっ！

俺が退路を断たれる中、顔を不快そうに歪《ゆが》ませた宇《ウ》家の長子が腕を組む。

「……私は撤回するつもりなどないぞ、オト。【玄《ゲン》】にせよ、【栄《エイ》】にせよ……敵軍が攻め寄せた際、お前が隊を率い『鷹閣《ヨウカク》』へ進出することは絶対に認めぬっ。『武徳《ブトク》』にて待機せよ、これは宇博文《ウハクブン》としての正式な命である」

黒茶髪の少女は兄の視線を真正面から受け止めた。

ちらり、と俺達を見て、嘆息する。

「……はぁ。いい加減にしてくださいませんか？　私と共に死戦場を潜《くぐ》り抜けた者達は歴戦の強者揃《ぞろ》い。彼等の力無くして防衛が叶《かな》うと？」

「若輩のお前が指揮を執る必要性はない、と言っているのだっ！　現地の将達に指揮は任せれば良いっ‼」

「っ！　兄上はっ！　武門たる宇《ウ》家の伝統を如何《いかが》お心得――むぐっ⁉」

瞳に憤怒《ふんぬ》の炎が揺らめくのを見るや、俺は咄嗟《とっさ》にオトの口元を後ろから押さえ込んだ。

ここまで拗《こじ》れたら、この場で収めるのは難しい。

片目を瞑《つぶ》り、博文《ハクブン》に退出を促す。

「……ちっ」

同じ想《おも》いだったのだろう。舌打ちし、宇《ウ》家の長子は執務室を出て行った。

俺は呆《あき》れながら、香風《コウフウ》へ抗議。

「婆《ばあ》さんも止めろよ。『宇《ウ》兄妹は不仲である』――家中でそんな噂《うわさ》が流れちまうぞ？」

「……すまない、手間を取らせたね」

背もたれに身体《からだ》を預け、宇《ウ》家の当主代行は疲れ切った様子で俺へ謝罪してきた。

白玲《ハクレイ》が俺の隣へ進み、疑問を発する。

「戦場に出る出ないの兄妹喧嘩、にしては激し過ぎたように見受けられました。他に何かあったのですか？　あと――隻影《セキエイ》は手を外してください」

「お、おう」

有無を言わさぬ口調に俺は背筋を震わせ、オトを解放。

黒茶髪の少女は首筋まで真っ赤にし、恥ずかしそうに瑠璃《ルリ》の背中に隠れた。

「――……お恥ずかしいところをお見せしました」

戦場で頼りになる少女の意外な一面だ。

いや、いきなり口元を男に覆われたら驚くのが普通か。

未《いま》だ俺を睨む白玲《ハクレイ》から視線を外すと、瑠璃《ルリ》が状況を補足してくれる。

「宇博文《ウハクブン》はオトに『武徳《ブトク》』へ留《とど》まって、内政に関与してほしいんですって。この子の母親は西域で名の知れた『波《ハ》』族出身だし、交渉にも利用出来るからって。西冬《セイトウ》侵攻から生還した古参兵達の指揮権も取り上げたいみたいね。そして、オトさんは強く反対されていた、と」

「なるほどなー」「だから、オトさんは強く反対されていた、と」

俺と白玲《ハクレイ》は得心。

そこまで無茶苦茶な話でもない。

「……あの者達とは、一緒に死戦場を生き延びて来ました。私だけが後方で安穏な日々を過ごすのは受け付けられません」

気を取り直したのか、オトが普段の口調で断言した。

戦場に出ることを望む妹と拒否する兄。拗れるわけだな。

「うん。じゃあ、ここは地方文官を志す俺が——」

「黙ってください」「あんたに宇博文《ウハクブン》と同量同質の仕事が出来るわけ？」

「…………」

場の空気を和ませようとするも、お姫様と軍師に一蹴される。酷《ひど》い。

俺が二人に肘で小突かれていると、香風《コウフウ》が窓の外を見た。

「うちの家の者達は代々、相応に武才を持っているんだが、私の目からしても博文《ハクブン》にはそれが乏しい。……オトや、下手するとあんた達のことも妬んでいるのかもしれないね」

宇博文《ウハクブン》の身体は貧相だ。武芸をやっているようには見えない。

——が。

「いや……単に『可愛《かわい》い妹を戦場に立たせたくはないっ！』っていう、兄心の発露じゃねえか？　宇博文《ウハクブン》って、そういう不器用な男だろ？」

『………』

室内にいる全員が何とも言えない表情で俺を見た。

当のオトですら「絶対にあり得ません。……あり得ません」と何度も首を振っている。

……いや、そこまで変なことを言ったつもりは。

香風《コウフウ》が溜《た》め息を吐《つ》き、肩を竦《すく》めた。

「……目が良いんだか、悪いんだか分からない子だね。で？　何の用だい⁇」

「ああ、そうだった。庭破《ティハ》」

「はっ」

名前を呼ぶと、廊下で待機していた青年武将が入って来た。改めて見ると画《え》になる。

悩める老女が目を見開く。

「！　……あんたは」

「『老礼厳《ライゲン》』が縁者、庭破《ティハ》と申します」

間髪入れずの名乗り。気後れはない。

【白鬼《はっき》】との直接会談すらも乗り越え、精神的な余裕が生まれたようだ。

俺と白玲《ハクレイ》が後を引き取る。

「『敬陽《ケイヨウ》』から遥々《はるばる》やって来た俺の副官だ」「残りの者達は『鷹閣《ヨウカク》』にいます」

「…………」

目を瞬《しばたた》かせ、香風《コウフウ》が黙り込んだ。幾度か深呼吸をし得心する。

「──……理解したよ。あんたが博文《ハクブン》の言っていた子だね？」

「博文《ハクブン》が？」「「！」」

どうやら、庭破《テイハ》の通行許可を出したのはあの不器用な宇《ウ》家長子だったようだ。

白玲《ハクレイ》と瑠璃《ルリ》、そしてオトが複雑な顔になる。

香風《コウフウ》が手の賽子《さいころ》を宙に放り、取った。

「早朝にね。『老礼厳《ライゲン》様の縁者と聞きましたので』──ふんっ。あの子も味な真似《まね》をしてくれるじゃないか」

数ヶ月の間しかこの地では過ごしていないが、オトの兄は凄腕《すごうで》の内政官であり──見た目からは想像が出来ない程、気が利《き》く。情報と兵站《へいたん》の重要性も理解が深い。

……あれで、口調と目つきがもう少し柔らかければ。

宇香風《ウコウフウ》が庭破《テイハ》を見つめ、懐かしそうに零《こぼ》す。

「若かった頃の礼厳《ライゲン》と似ているね……驚いちまったよ」

「！　礼厳《ライゲン》様と私が？」

「瓜二《うりふた》つだよ。あんたのような後継者を持って、草場の陰で満足していることだろう」

「……有難《ありがと》う、ございます」

青年武将は辛《かろ》うじてそう返し、瞑目《めいもく》した。

白玲《ハクレイ》と瑠璃《ルリ》が俺の袖を引っ張る。

『話を進めて！』

……自分達で言えばいいものを。この二人、どういうわけだか俺を矢面に立たせようとするのだ。俺だって得意じゃねーんだぞ⁉　……ったく。

黒髪を掻き、申し出る。

「婆さん、『鷹閣《ヨウカク》』の者達も受け入れてもらっていいか？　人数は——庭破《テイハ》？」

「はっ！　五百名程となります。皆、実戦経験者です」

「！　ごひゃくっ⁉」「……凄《すご》い人数ですね」「よくもまぁ」

思わず俺は叫び、白玲《ハクレイ》と瑠璃《ルリ》は半ば呆れる。

そんな人数を——しかも元張家軍《ちょうかぐん》の古参兵達が、俺達に合流するのをアダイは許したってのか⁉　玄《ゲン》の大軍の前じゃ木っ端《こば》みたいなものかもしれんが、それにしても。

『相応《ふさわ》しい戦場にて』

……【白鬼】様は随分と俺を買ってくれているようだ。

オトが動き、棚から紙を取り出した。

婆さんはそれを受け取るや、鮮やかな手つきで筆を滑らす。

「流石《さすが》に『武徳《ブトク》』へ入れるのは周りが五月蠅《うるさ》いが、構わないよ。……今は一人でも多くの味方が欲しいからね」

『?』

沈んだ声の響きに、俺達は小首を傾《かし》げた。

硯《すずり》に筆をおき、宇香風《ウコウフウ》が諦念を示す。

「つい先程、『敬陽《ケイヨウ》』に送り込んでいる者から急報が届いた。【白鬼】は軍を十分に休ませ、出師《すいし》の準備を完了したようだ──南征が再開されるよ」

『…………』

室内に冷え冷えとした空気が流れた。遂《つい》に主力軍の再編も完了したか。

俺は金髪翠眼《すいがん》の仙娘《せんこ》の名を呼ぶ。

「瑠璃《ルリ》？」

「……圧倒的に情報不足だけれど」

想定していたとはいえ、さしもの軍師も衝撃が大きいらしい。

青の帽子を被《かぶ》り直し、顎に手をやる。

「目標は栄《エイ》帝国首府『臨京《リンケイ》』でしょうね。目的は【栄《エイ》】の打倒よ。策は大運河沿いと『子《シ》柳《リュウ》』以南からの二方向同時侵攻、といったところかしら？」

「栄《エイ》軍の対抗は難しいでしょうね。徐《ジョ》家の対応にも兵を割いているようですし。伝え聞く一連の襲撃は、軍船の操作に慣れる意味合いもあった筈《はず》なので」

不安そうな白玲《ハクレイ》が俺へ身体を寄せてきた。

栄《エイ》軍の総指揮を誰が執っているのかは知らないが、寡兵を三手に分けるのは愚策だ。いや、全軍の指揮権を持つ者がいないのか？　そうだとすると合点《がてん》がいく。

理由は――『叛乱《はんらん》を起こされたら困るから』。

武官を下に見る、栄《エイ》の文官達が考えそうなことだ。

……あいつ等、もしかして『負ければ国が亡《ほろ》ぶ』と想像すらしていないんじゃ。

宇香風《ウコウフウ》が、先程の書簡を丁寧に畳んだ。

「もう少し情報を集めておくよ。皇宮にも多少の『耳』がある」

「頼んだ」

とにもかくにも今は情報が必要だ。

それさえあれば——うちの軍師が答えを導き出す。

婆《ばあ》さんは座ったまま背を向け、窓の外の空を見上げた。

疲れてはいるが、心は折れていない。

「奴等《やつら》が意義に乏しい『西域』攻めをするとは思わないが……万が一の時は力を貸しておくれ。【張護国《チョウごこく》】の遺風を引き継ぐあんた達は皆が頼りにしているんだ」

＊

「では、主《あるじ》が来るまでここでお待ちください」「失礼致します」

「ありがとう」

私——光美雨《コウミウ》が礼を述べると、少女従者と少年従者は丁寧にお辞儀をして離れて行きました。おそらく双子なのでしょう。

会談場所に指定された王《オウ》家別邸。

内庭に設置された椅子に座り、私は皇族に許される金黄色が使われた礼服の袖を握り締めました。

今日の交渉には【栄《エイ》】の命運がかかっている。……だけど。

耐え切れなくなり、後方で警戒を怠らない外套《がいとう》姿の芽衣《メイ》へ話しかけます。

「凄いですね。こんな大きな屋敷《やしき》で別邸なんて」

「美雨《ミウ》様、油断なさらぬよう。先程の双子も単なる従者ではありません。明らかに戦場を知る者の動きでございました」

「……まさか」

少女は春燕《シュンエン》、少年は空燕《クウエン》と私へ名乗りました。

髪や肌の色からして栄人《エイ》ではないようでしたが、どう見ても十代前半。戦場に出ていたとはとても……。

私が言葉を重ねようとすると、

「お待たせ致しました」

屋敷から、栗《くり》茶髪を二つ結びにした小柄で胸の大きな少女が、美しい黒髪の美女を伴い歩いて来ました。

「え？　貴女《あなた》はあの時の……」

特徴的な橙《だいだい》色《いろ》の帽子と、同色基調の服装――間違いありません。

敬陽《ケイヨウ》の外れ、小橋の上で私に情勢を教えてくれた少女です。

じ、じゃあ、この子が王家《オウ》の……？

私が呆然《ぼうぜん》としていると、少女は目の前にやって来て笑みを浮かべました。

「お、お初に御目《おめ》にかかります、皇妹殿下。王仁《オウジン》が娘、明鈴《メイリン》と申します。申し訳ありませんが、当主は極めて多忙。本日は私がお話を伺います」

……嘘《うそ》、ではないようですね。

気を取り直し、名乗ります。

「光美雨《コウミウ》です。この子は芽衣《メイ》。過度な敬語は不要に願います」

明鈴《メイリン》は瞳に微《かす》かな好奇を示すと、私の対面に腰かけました。黒髪の美女が優美な動作でお茶を淹《い》れ始めます。

「では、御言葉に甘えまして――この間だけは『美雨《ミウ》さん』とお呼びします。冷めない内にどうぞ。美味《おい》しいですよ」

置かれた白磁の碗《わん》からは、とても良い香り。皇宮のお茶とは別種のようです。

相手を信頼していることを示す為《ため》に一口飲み、微笑《ほほえ》みます。

「凄い御屋敷ですね。びっくりしてしまいました」

「はい、私もそう思います」

小柄な少女が私に応じ、両手を合わせました。

──ゾクリ。

背筋に震えが走ります。え？

「此処《ここ》は元々張《チョウ》家の私的な隠れ家だった、と聞いています。荒れ放題になるのは忍びなく、私が購入しました。【張護国《チョウ》】様は商いを生業《なりわい》とする者にとって、本物の神様同然の御方でしたから……」

「…………」

心が重くなり、私は琥珀《こはく》色の碗の中を見つめました。

……奸臣《かんしん》に誑《たぶら》かされたとはいえ、実質的に兄が殺した名将の名を出す。

目の前の少女は私に、栄《エイ》の皇帝家に好意を抱いていない。

早くも暗澹《あんたん》たる想《おも》いが心中で渦を巻きます。

私の様子に気付いていない筈はないのですが、明鈴《メイリン》は笑みを崩しません。

「それで──本日はどのような御用でしょう？　既に我が家は宮中とも商いをさせてもらっていますが？」

「内々の話です」

滅入《めい》りそうになる自分を奮い立たせ、私は碗を大理石で作られた丸机へ。

背筋を伸ばし、告げます。

「皇帝陛下は、宇《ウ》家へ勅使を遣わすことを考えておられます。そこで――『臨京《リンケイ》』に数いる商人達の中でも、最も『西域』までの道中に詳しい貴家の助力を願いたいのです」

兄上が私へ許可を出し、廟堂《びょうどう》で正式に議題とされると、激烈な反対に遭いました。

『危険過ぎる』『宇《ウ》家は離反したと扱うべき』『皇妹殿下が人質にされる可能性は高い』

対立する宰相代理と副宰相ですら、同意見だったのは、宇《ウ》家軍が都へ舞い戻り、復讐《ふくしゅう》されるのを恐れた為でしょう。

――最終的に議論の行方を決めたのは兄上の一言でした。

『大水塞に籠って、何処《どこ》から援軍が来るのか？』

至極真っ当なその問いかけに対し、廟堂内に明確な答えを持つ諸官はおらず。

かといって――使者に名乗りをあげる者も終《つい》ぞ出て来なかった為、ようやく私に決したわけです。

明鈴《メイリン》が碗を傾けました。

「具体的にはどのような？」

心臓が激しく鼓動。もし断られてしまったら。

息を吸い込み、一気に言い切ります。

「勅使である私を西域の『武徳《ブトク》』まで案内してもらいたいのです。報酬も支払います」

風が咲き誇る花々の香りを届け、ほんの僅かに緊張がほぐれるのを感じました。

目の前の少女はどのような答えを。諾か。それとも……否《いな》か。

──反応は予想外のものでした。

王明鈴《オウメイリン》は心底怪訝《けげん》そうに、小首を幾度か傾《かし》げたのです。

「報酬？　ですかぁ⁇　静《シズカ》、聞き間違いしてないわよね？」

「はい、明鈴《メイリン》御嬢様《おじょうさま》」

お茶を淹れ終えた黒髪の美女は主に首肯し、その後方へと回りました。

腕を組んだ明鈴《メイリン》が私を見つめます。

「ん～と……今年は辛《かろ》うじてもっても、来春までには滅びて、史書で語られる存在となる国からの報酬に、どのような価値があるんでしょう？」

——……え？

何を言われたのか、一瞬理解出来ませんでした。

滅ぶ？　我が国が⁇

「っ！」

怒りに腰を浮かせそうになるも自制心で抑えつけ、詰問《きつもん》します。

「……王明鈴《オウメイリン》、それは『王家《オウ》』としての考え、と捉えても良いのですか？」

「あくまでも私見ですよ～。だから、御父様はこの場にいません」

至極軽い口調です。そこには気負いも、皇族を前にしている畏怖もありません。

お茶菓子を口に放り込み、明鈴《メイリン》が左手を軽く振りました。

「けれど——主な大店《おおだな》は例外なく同じ見立てをしていると思います。この状況下で、皇帝家に肩入れするのは、余程の賭け事好きだと認定されちゃいます★」

「……そ、そんな」

都の大商人達が栄《エイ》を、我が一族を見限っている？

仮にそうなら……戦うどころの話じゃ。

身体《からだ》が震え、言葉を発することが出来ません。

――明鈴《メイリン》の瞳に老獪《ろうかい》すら感じる怜悧《れいり》さが現れます。

「勇敢な皇妹殿下、私達は商人です。そして――成功している商人は、世の人々が思っているよりも、ずっと『信義』を重んじています」

資料によれば、この少女の年齢は十八。私とは数歳しか違わない筈《はず》です。なのに……こ、こんな深淵《しんえん》を覗《のぞ》きこむような目っ！　皇宮でも今は亡《な》き老宰相しか。

明鈴《メイリン》がまるで詠《うた》うかのように、続けます。

「ですが、寵姫《ちょうき》に夢中な御様子の皇帝陛下は【鳳翼《ほうよく》】様と【虎牙《こが》】様を異国の地で死なせ、【張護国《チョウ》】様すらも公衆の面前で処刑してしまいました。千年後の史書にも『**これ即《すなわ》ち愚挙なり**』と書かれること間違いなしなこの行為が、栄《エイ》という国にどれ程の悪影響を与えたのか……皇族のお一人として、今まで一度でも真剣に御考えになられたことが？」

「…………」

私は答えることが出来ません。

『張泰嵐《チョウタイラン》を処刑する。……奴《やつ》は講和の障害なのだ』

決定を聞かされる際、兄上は私に何も言ってくれませんでした。

止めようと努力はしましたが、その後は面会の許しすら出ず……。

いえ、言い訳に過ぎません。

こうして突き付けられるまで、私は出来る限り考えないようにしていたのですから。

栗茶髪の少女が唇を歪《ゆが》めました。そこに嘲りはありません。

あるのは……憐憫《れんびん》。

「『精忠無比』──そんな存在だった方々すら、愚かな判断であっさりと殺される。そこに『信義』はありません。貴女方《あなたがた》の口約束を信じるのは不可能です」

積み上げられた失政のつけが、私の肩に重く……重くのしかかるのを、ハッキリと感じました。

──皇宮で過ごす者達と民草との間にある、余りにも大きな深い断絶。

絶望に苛《さいな》まれ、私は胸の守り袋を握り締めました。

「……兄上は、悔いておられます」

史書に刻まれる程の西冬《セイトウ》侵攻の大惨敗《ざんぱい》。獅子奮迅《ししふんじん》の活躍を示した張泰嵐《チョウタイラン》の処刑。

──そして、玄《ゲン》との講和不成立。

僅か一年余りの間に起きた出来事は、元来お優しい気質の兄上を病ますには十分なものでした。

可憐《かれん》な外見とは裏腹に、とてもとても……とても恐ろしい王家《オウ》の怪物が口元をわざとらしく押さえます。

「まぁまぁ。もしや、美雨《ミウ》さんは悔いれば人が蘇《よみがえ》るとでも？　おめでたい頭をしていらっしゃるんですね★　**『落星、天に戻らず』**——王英《おうえい》が皇英《こうえい》を喪《うしな》った後、幾度となく呟《つぶや》いていたという故事を御存知じゃないんですか？」

「…………っ」「貴様っ！」

私は唇を噛《か》み締め、芽衣《メイ》が怒りを発しましたが、

「【白鬼《はっき》】アダイ・ダダは『敬陽《ケイヨウ》』を占領した際、張泰嵐《チョウタイラン》様に敵ながら敬意を表し、大々的な弔いの儀式を執り行いました。結果、『湖洲《コシュウ》』の住民は深く彼に感謝し、以降【玄《ゲン》】の支配に反抗した、という話は聞こえてきません。対して……」

「「！」」

明鈴《メイリン》の瞳に現れた業火《ごうか》の如《ごと》き憤怒《ふんぬ》の前に、私達は身体を強張《こわば》らせます。

「貴女方は、死したあの御方になにをされましたか？」

視線を逸《そ》らすことも許されず、心の臓を貫かれるのを幻視しました。

──凄《すさ》まじいまでの弾劾。

「国を護《まも》り、国に尽くし、限界を超えるまで戦った名将の首を、公衆の面前に晒したんじゃありませんか？　しかも、講和が不可能になった途端、慌ててご遺体を収容しようとした挙句……都の住民達に阻《はば》まれた。笑い話にしては悪趣味が過ぎますし、本気なら鈍感過ぎです。世に生きる人々は貴方方が思っている程、愚か者ばかりでもないのですよ？」

心中に嵐が荒れ狂います。

……傲慢でした。私は無意識に民草を侮《あなど》っていました。

大なり小なり、世の人々が抱く兄上と皇族、廟堂で意味のない議論を重ねる者達への拭い難《がた》き不信は、須《すべか》らく！　王明鈴《オウメイリン》が口にした内容で間違っていないでしょう。

国を助けることの出来た唯一の人物を殺しておいて、今度は助けて？

恥知らず、と罵倒されても反論すら出来ません。

明鈴《メイリン》が足を組み、つまらなそうに促してきました。

「美雨《ミウ》さん、そちらの出せる最大報酬を先に提示してください。お話はそこからです」

──最早《もはや》『信義』なく、『利』でのみしか動かない。

分かり易《やす》くはありますが、どうにもなりませんね。

内心で自嘲し、事情を伝えます。

「……私自身に殆《ほとん》ど権限はありません。信用ならない口約束しか。今日の会談も私が陛下を強引に説得したのです」

「へぇ、貴女《あなた》が……」

今日初めて明鈴《メイリン》は好奇を表に出しました。

私の胸元の守り袋へ目を向けてきます。

「その首に提げている物は何ですかぁ？　とても綺麗《きれい》な刺繍《ししゅう》ですね。描かれているのは『紅玉《コウギョク》』でしょうか？　古い西域の品だと思うんですが……見せていただいても？」

――やっぱり、この子は恐ろしい。

幾ら商人の娘だからといって異国の、しかも数百年……下手すると、千年近く前に織られた布の紋様を判別出来るなんて。

でも、この機は逃せない。

芽衣《メイ》が心配そうに袖を摑《つか》んできた。

「……美雨《ミウ》様」

「大丈夫よ。……大丈夫、だから」

そう返し、私は守り袋を首から外して丸机へ。

臆しそうになる自分を奮い立たせ、由来を説明する。

「西域の名家『波《ハ》』一族出身だった亡き母の形見です。代々伝わってきたもので、子細は話せません。話せませんが……私が貴女に差し出せるのはこれくらいです。王明鈴《オウメイリン》、無理は百も承知ですが、これを質草に私を『武徳《ブトク》』へ案内してくれないでしょうか？」

「……ふ～ん。西域の……」

栗《くり》茶髪の少女が思案顔になりました。

——母の遺品を差し出し、懇願する皇妹。

後世に伝わったら、どう書かれるのでしょうか。良い話ではないでしょうね。

私がそんな妄想を弄ぶ中、明鈴《メイリン》が黒髪の美女を呼びました。

「静《シズカ》、教えて。貴女の故国にも権威付けの小道具ってあったかしら？」

「？　——ああ、『継承の神器』ならばございましたが、それが何か？」

「ありがと♪　十分よ☆」

「…………」

私の頰を冷や汗が流れていきます。

守り袋の中身に……もしやこの子は見当がついている？

服装を正し、王明鈴《オウメイリン》が頭《こうべ》を垂れました。

「分かりました。では、その守り袋の中身を報酬として御依頼をお請けします」

「！　ほ、本当ですか？」

「はい、本当です♪」

「……な、中身について、何も聞かなくていいんですか？」

「構いません。私は自分の直感を信じます。あ、当面は御自身で持っていてくださいね。どう『使う』かは、私よりもずっと悪知恵の働く子に任せちゃいますので★　――理由はどうあれ、貴女は行動し、勇気を振り絞って私に会いに来ました。その『勇気』には相応の対価が必要だと思います」

呆気《あっけ》に取られて確認する私に対し、明鈴《メイリン》の返答は明瞭でした。

本気、なのですね。

胸の奥がカッと熱くなり、手にした守り袋を胸に押し付けます。

……御母様、ありがとうございます。

まだこの国の命運は尽きていないかもしれません。

少女の形をした怪物が、諭すように釘《くぎ》を刺してきます。

「この国が生き残る為《ため》には、とにもかくにも怖い怖い【白鬼】を講和の席へ何とかして引き摺《ず》り出さないといけません。つまり——決戦で勝たなくてはならないんです」

「……分かっています」

玄《ゲン》帝国皇帝アダイ・ダダの戦績は直接指揮を執った場合、字義通り不敗。

五分に持ち込んだのは、亡き張泰嵐《チョウタイラン》のみと聞きます。

今の栄《エイ》軍諸将で相対出来る者がいるかどうか……。

現実に打ちのめされる私に対し、明鈴《メイリン》は瞳を爛々《らんらん》と輝かせ、頬を上気させました。

まるで、恋する乙女かのようです。

「そして、今の天下でそれが出来るのは——」

どういう訳か、幼い容姿と相反する豊かな胸を張り、自慢気に言い放ちます。

「張泰嵐《チョウタイラン》様の息子である隻影《セキエイ》様をおいて他にはいません。あ——因《ち》みに私の旦那様です！　とにかく格好良い方ですが……色目を使ったら、どうなるか分かりますねぇ？　泥棒猫には容赦しません★」

「え、ええ……そ、そんなことはしません」

旦那様？　この子、結婚していたの？　しかも、相手は張泰嵐《チョウタイラン》の息子？　行方不明になったらしい、張《チョウ》家の一族と繋《つな》がりが？

疑問が次々と浮かんでは消え、気付きました。

――……この子、もしかして私が、張《チョウ》家に対してどういう感情を持っているのかを、ずっと観察して？

西の空を見上げ、明鈴《メイリン》は片目を瞑《つぶ》りました。

「張《チョウ》家の方々は宇《ウ》家の姫と共に『西域』へ逃れられています。我が家が責任を以《もっ》てお送りしますので、後は現地でお話を。手紙と届物も一緒に渡してください」

「わ、分かりました」

秘密の交換、というわけですか。

ようやくこの交渉が成立した実感を覚え、手が震えてきました。

少女が右手の人差し指を立てます。

「お分かりかと思いますが……張《チョウ》家の方々と対面する際は相応の覚悟を。隻影《セキエイ》様は、この世の誰よりも張泰嵐《チョウタイラン》様を敬愛されていました。貴女様が下手なことを口にすれば」

――その時点で【栄《エイ》】は滅ぶでしょう。

突風が吹き荒れ、橙色《だいだいいろ》の帽子から覗《のぞ》く明鈴《メイリン》の栗茶髪を靡《なび》かせました。

此処《ここ》に来る前の私ならば、彼女の言葉に懐疑的だったかもしれません。

けれど――怪物の瞳にあったのは、重過ぎる程の愛情と紛れも無き畏怖。

この子は一切嘘《うそ》を吐《つ》いていない。

援軍の可否を決めるのは、宇《ウ》家ではなく……張隻影《チョウセキエイ》。

「分かりました。助言、感謝します王明鈴《オウメイリン》。……あの、明鈴《メイリン》、と呼んでも？」

「いえいえ〜。言っておかないと、私も怒られちゃいますし〜？　――勿論《もちろん》です、美雨《ミウ》さん。これからよろしくお願いします♪」

第三章

「――にしても、不気味な所だな。微《かす》かに光が差してはいるが、今にも『何か』が出て来そうだぜ」

「隻影《セキエイ》、変なこと言わないでください。何も出ません。……出ませんっ」

枯れている樹々《きぎ》の枝に覆われた石廊を進みつつ俺がポツリと呟《つぶや》くと、後方の白玲《ハクレイ》が文句をすぐさま言ってきた。右隣のオトも頷《うなず》いている。お揃《そろ》いの外套《がいとう》姿だ。

今、俺達が歩いているのは『武徳《ブトク》』近郊。

人を寄せ付けない深い森の中にある名も無き廃廟《はいびょう》だ。

庭破《テイハ》と共にやって来た古参兵達と面会する為『鷹閣《ヨウカク》』へ出向き、その帰りに立ち寄る――という話はしていたんだが、まさかこんな所とは。

事の発端となった瑠璃《ルリ》が、苔生《こけむ》す石柱から離れ会話に加わってくる。

「白玲《ハクレイ》、オト、出るかもしれないわよ？　此処《ここ》は【天剣《てんけん》】が納められていた場所。入り口の、おそらく地震で崩れた石扉は見たでしょう？　あの造り方は【王英《おうえい》】が姿を隠した煌《トウ》帝国時代特有のものだから――少なくとも千年は経《た》っているわ。それだけの時間が経っているなら、幽霊の一人や二人いてもおかしくないんじゃない？」

「る、瑠璃《ルリ》さんっ！」「る、瑠璃《ルリ》様っ！」

怖がる少女達を肩越しに見つつ、俺は腰の【黒星《こくせい》】に触れた。

……こいつと【白星《はくせい》】が眠っていた場所、か。

意識を切り替えて、布袋を担《かつ》ぎ直す。

「さて、白玲《ハクレイ》さんとオトさんや」

「……何ですか」「な、何でしょうか」

お互いの手を握り締め合い、少女達は警戒を露《あら》わにした。

普段凛々《りり》しいせいか新鮮な反応だ。満面の笑みで提案。

「俺に遠慮せず先頭を進んでもいいんだぞ！　到着するまでは、一度来たことのある瑠璃《ルリ》以外だと案内は無理だろう深い森だったが、この石廊は一本道だしな‼」

「……隻影《セキエイ》ぃ」「……せ、隻影《セキエイ》様、人には向き不向きがあると、その……」

白玲《ハクレイ》は銀髪を逆立たせ、オトは身体《からだ》を小さくする。本気で嫌らしい。

仕方ないので金髪少女に代わってもらうか。

「よし分かった。なら、我等が頼れる軍師様に――」

「嫌よ」

断固たる意志が込められた拒絶。

瑠璃《ルリ》は前髪を手で払い、そっぽを向いた。空気の流れがあるのか、外套の袖や裾が動く。

そのままじっと言葉を待っていると、仙娘《せんこ》の少女は早口で弁明。

「ご、誤解しないでよねっ！　べ、別に私は幽霊だとか、怪異だとかを信じてはいないわ。……でも」

「でも？」

「う……」

指を弄《いじ》ると、瑠璃《ルリ》の手から次から次へと萎《しお》れた白花が現れては消えていく。方術は感情に左右されるようだし、随分と動揺しているようだ。

青の帽子を被《かぶ》り直した金髪少女が俯《うつむ》く。

「依頼の大本はあんたであり、明鈴《メイリン》よ。でも……実際に回収したのは私だもの。文献である程度の位置は特定出来ていたけど、分厚い石扉で封じられているとは思っていなかった。つまり、この廟を造らせた人物は、【双星の天剣】が世に出るのを望んでいなかったと推定出来る。仮に……仮によ？　な、何かがいるとするのなら、真っ先に恨みを買うのは」

「瑠璃《ルリ》だな」「瑠璃《ルリ》さんですね」「瑠璃《ルリ》様……頑張ってください」

俺達は一斉に声を合わせた。うちの軍師様、案外と可愛《かわい》いところがあるんだよな。

ポカンとした後、金髪の少女が小さな肩を震わせる。

「あ、あんた達ねぇぇ……」

いけね。からかい過ぎたか。

俺は宥《なだ》めようと怒れる瑠璃《ルリ》に向き直り――直後、まるで泣いているかのような音が廃廟内に響き渡った。

「！　せ、隻影《セキエイ》っ‼」「！　せ、隻影《セキエイ》様っ‼」

「ごふっ」

白玲《ハクレイ》とオトが勢いよく俺に抱き着く。

鳩尾《みぞおち》に鈍い痛みを覚えながら周囲を見渡すと、瑠璃《ルリ》が呆《あき》れている。あ、なるほど。

「お、落ち着け。単なる風だ、風」

「「……か、風……？」」

少女達は蒼褪《あおざ》めた顔を恐る恐る上げた。

再び先程と同じ音が響くも――よく見れば、壁や柱に這《は》う枝や根が揺れている。

それぞれの頭を軽く叩《たた》く。

「古い廟だからな、そこかしこに隙間が出来てるんだろ。張《チョウ》家の姫と宇《ウ》家の姫ともあろう者がちょっと情けないんじゃねぇか？」

「「……う～」」

二人は悔しさと恥ずかしさを滲《にじ》ませ、俺から離れた。

白玲《ハクレイ》は昔からだが、オトもこの手がからっきしなのは意外だったな。

俺達の様子を観察していた金髪の軍師がからかってくる。

「馬鹿ね、隻影《セキエイ》。そこはこう褒めないと。『張白玲《チョウハクレイ》と宇《ウ》オトにも、女の子らしい一面が！』ってね」

「る、瑠璃《ルリ》さんっ！」「る、瑠璃《ルリ》様っ！」

「あら？　違ったかしらぁ⁉」

……う～ん、質《たち》が悪い。軍師なんてこんなもんかもしれないが。

英風《エイフウ》の奴《やつ》は真面目だったんだな。酒を飲むと面倒な奴だったけど。

俺が生暖かく、三人娘の争いを眺めていると、

「！　ひゃんっ！！！！」

完全な優位を保ち、白玲《ハクレイ》とオトで遊んでいた瑠璃《ルリ》が字義通りその場に跳び上がった。

そして、一目散に俺の腕の中に飛び込み、帽子が落ちるのも気にしない程、辺りの様子

を窺《うかが》う。涙目だ。

「な、何！　な、何なのっ⁉　いいい、今、わ、私の首筋に……な、何か凄《すご》く冷たいものが触れたんだけどっ！？！！」

「あ〜……瑠璃《ルリ》、落ち着けって」

「ま、まさか、ほ、本当に怪異とか、幽霊が……？　の、呪うにしても、じ、順番が違うでしょうっ⁉　張隻影《チョウセキエイ》、王明鈴《オウメイリン》。次に私よっ。間違えないでよぉぉ」

実は俺達の中で最年少な金髪少女は聞く耳を持たず、小動物のように震えている。

早めに離れて貰《もら》わないと……ちらっと、白玲《ハクレイ》を確認。

予定調和と言うべきか。とんでもなく美しい微笑《ほほえ》み。

『早く、離れて、くださいね？』

……下手な怪異よりも断然怖い。

俺は一先《ひとま》ず、オトに混乱中の瑠璃《ルリ》を託す。

そして、帽子を拾い上げるとさっき少女のいた場所へ行き、手を翳《かざ》した。

——よく冷えた水が当たり、砕ける。正体見たり。

オトにしがみつく軍師様に帽子を被せ、振り返ったところ額をほんの軽く手で打つ。

「天井から雨水が滴《したた》って首筋に落ちただけだ。大丈夫、何もいねぇよ」

「…………」

瑠璃《ルリ》は涙で濡《ぬ》れた両の瞳を瞬《しばたた》かせ、頬と耳を見る見る内に真っ赤にした。

黒茶髪の少女に「あ、ありがと……」と礼を言って離れると、そっぽ。

「——こほん。べ、別に、私は怖がっていなかったわよ？　き、緊急時に、あんたがきちんと対応出来るかどうかを、試してあげただけ！　良い訓練だったでしょ？」

うちの軍師様はなー、とんでもなく賢いんだが……白玲《ハクレイ》や明鈴《メイリン》に匹敵する位、負けず嫌いでもあるんだよなー。

——こういう時の対処法はさっき教わった。

「そうかそうか。うちの軍師様にも女の子らしい所があるんだな！」

「……グヌヌヌ」

瑠璃《ルリ》は呻《うめ》き、頬を栗鼠《りす》のように膨らませる。

……ふっ。勝った。

ようやく落ち着いた少女達にあえてもう一度言ってみる。

なお、俺は怪異やら幽霊やらを恐れちゃいない。前世で散々斬ったし。

「さて、茶番はこれ位にしてだ。先頭代わってくれるか？」

「嫌です」「嫌よ」「……せ、隻影《セキエイ》様。で、では私が」

銀髪と金髪の少女は薄情にも拒絶。

唯一、黒茶髪の少女だけが名乗りをあげてくれた。

自然に頭をぽん。

「オトはいい奴だなぁ」

「――……ぁ」

一瞬驚いた宇《ウ》家のお姫様は、微かに頬を染めた。ひらひら、と手を振る。

「冗談だ。無理しなくていいぞ。人間誰しも苦手はある」

「は、はい……ありがとう、ございます」

照れくさそうなまだまだ幼い顔を見ると、博文《ハクブン》が戦場に出したがらない理由も何となく分かる。

今度腹を割って、次期宇《ウ》家の当主様と酒でも呑《の》んでみるか。

「フフ……」「待って。待つのよ、白玲《ハクレイ》。早まらないでっ⁉」

――先の予定を考える俺の近くで、幼馴染《おさななじみ》の少女が瑠璃《ルリ》に羽交い絞めにされているのは見なかったことにしよう。

「着いたわよ」

最終妥協案として、俺の隣を歩いていた瑠璃《ルリ》が前方を指差した。

天井部分が完全に崩落したのか、陽光が降り注ぐ広場となった地は、色とりどりの花に覆われている。

幾本か育っている若木は……桃か？　こんな所に⁉

「ほら、呆《ほう》けてないで。目的地はこの先なんだから！」

金髪の仙娘が指し示す先にあるのは、幾本かの古い石柱によって補強された、枯れた巨木の洞《うろ》。

……『老桃《ロウトウ》』以外にもこんな木があったのか。

鬱々とした空間を抜け、俺の背中に隠れていた白玲《ハクレイ》とオトも前へと進み出る。

「此処《ここ》が……」「【双星の天剣《てんけん》】が眠っていた場所、ですか」

人を恐れていないのか、小鳥達が瑠璃《ルリ》の伸ばした腕に降り立つ。

故事にでも出てきそうな光景だな。

「そうよ。明鈴《メイリン》が、都中の古文書を集めに集めて見つけ出した、煌《トウ》帝国の治世末期に生きた【王英】所縁《ゆかり》の人物――その日誌内に隠し場所が書かれていたの」

「で、お前が回収した、と。石棺とかに入ってたのか？」

「見た方が早いわ」

小鳥達を肩や頭に乗せたまま、瑠璃《ルリ》が花畑を歩き始めた。俺達も後に続く。

人の歩いた跡は殆《ほとん》どない。千年の間封じられていた廃廟《はいびょう》、か。

洞の傍《そば》まで来ると、中がはっきりと見渡せた。

——枯れた根が絡《から》みついた石製の小さな祠《ほこら》が中央に鎮座している。

千年前に造られた筈《はず》なのに、ここまではっきりと原型が！

俺達が驚嘆する中、瑠璃《ルリ》は肩の小鳥を指で撫《な》でた。

「この祠の中に立てかけられていたのよ。……千年間ずっとそうだったみたいに。で、今日のお目当てはそこの『文字』よ！　隻影《セキエイ》」

「ほいよ」

布袋を地面に降ろすと、瑠璃《ルリ》は近くの石に腰かけ、模写の準備を開始した。

筆をくるくると器用に回し、楽し気だ。

「当時は時間をかけて調査出来なかったし……西域に来たのなら、一度は来ておいて損はないでしょ？」

「確かにな」「そうですね」「…………」

俺と白玲《ハクレイ》は瓢箪《ひょうたん》を加工した水筒を取り出し、同意。オトは両開き扉を見つめている。

巻物を広げた瑠璃《ルリ》が気付く。

「ああ、それ？　古い文字なんだけど……煌《トウ》帝国の物じゃないのよね」

「だろうな」

水を飲んで一息入れた俺は、祠の周りの枯れた根を短剣で切っていく。

――この文字は確か。

前世の霞《かすみ》がかった記憶を呼び起こす。

「おそらくは、西域の少数部族が使っていた文字だ。……それ以上は分からんが」

暁明《ギョウメイ》や英風《エイフウ》なら読めたかもしれない。

白玲《ハクレイ》と瑠璃《ルリ》が何か反応を示す前に、オトが俺の隣へと進んで来た。

「えーっと……大部分は掠《かす》れてしまっていますが、少しだけ読めます」

「「！」」

俺達は驚きで固まった。

祠に近づいていく宇《ウ》家の姫の言葉を待つ。

「隻影《セキエイ》様が仰《おっしゃ》る通り、これは西域の少数部族である『波《ハ》』族の古語だと思います」

「オト、どうして貴女《あなた》は読めるの⁉」

血相を変えた瑠璃《ルリ》が勢いよく立ち上がると、小鳥達が一斉に逃げていった。感情に合わせ、無数の花が生まれ、舞う。

少しだけ寂し気に、黒茶髪の少女が理由を教えてくれる。

「私の亡《な》くなった母が『波《ハ》』族出身だったので……。『死期を悟った【王英《おうえい》】は【天剣】その他の処置を『玉《ギョク》』族出身の部下に命じた。だけど、部下は彼の死後、違う場所へと密《ひそ》かに隠した』という昔話を聞いた記憶がほんの微《かす》かにあります」

予想はしていたが……【虎牙《こが》】宇常虎《ウジョウコ》の娘でありながら、与えられた名『虎姫《トラヒメ》』を名乗らない理由は母親の出自故か。宇《ウ》家は西域の各部族と、国境線上で長年に亘《わた》って戦い続けてきたし、『波《ハ》』族もその例外ではなかった、ということなのだろう。

手を伸ばし、オトは両扉に彫られた文字を空中でなぞった。

「『**あの御方の心には結局、先帝と【皇英《こうえい》】しか住めなかった**』『**桃はこの地でも根を張った。だが、長くは生きられまい。それでも、廟を隠してくれよう**』『**【天剣】は能《あた》わぬ者が振るえば、禍《わざわい》を齎《もたら》す。故に封じる。あの御方には怒られてしまうだろうが。何《いず》れは【玉】も**』……完全に読めるのはこの部分だけですね。他は掠れてしまっています。この廟を造らせたのは昔話に出て来る、【王英】の部下だったのかもしれません」

「「…………」」

俺と白玲《ハクレイ》、瑠璃《ルリ》は顔を見合わせ完全に沈黙。

思いがけず、歴史に埋もれた闇を垣間《かいま》見た気分だ。

英風《エイフウ》の部下。

前世最後の戦場——北方『老桃《ロウトウ》』の地で相対した女将。名前は確か。

「これは……何かの記号か紋章、でしょうか？」

白玲《ハクレイ》が扉の隅に描かれた小さな紋章？　を発見した。

瑠璃《ルリ》とオトが興味深げに覗《のぞ》き込む。

「宝石に見えるわね」「紅の染料がほんの微かに残っています」

「…………」

英風《エイフウ》の叱責を受け、泣きそうに顔を歪《ゆが》める女将の顔が鮮明に思い起こされた。

『**紅玉、退《ひ》け。これは煌《トウ》帝国大丞相《じょうしょう》としての命である**』

あいつが——『波紅玉《ハコウギョク》』が英風《エイフウ》の死後に【天剣】をこの地に。

なら、【玉】ってのは何だ？

「どうかしましたか？」

白玲《ハクレイ》が心配そうに顔を覗き込んできた。俺の贈った緋色《ひいろ》の髪紐《ひも》が揺れている。

——いや、前世は所詮前世。

飛暁明《ヒギョウメイ》、王英風《オウエイフウ》、皇英峰《コウエイホウ》の時代は、とっくの昔に、千年前に終わったのだ。

今の俺が守るべきは——幼馴染の少女の頭を乱暴に撫でる。

「ち、ちょっと、隻影《セキエイ》！」

「陽が落ちる前に戻ろうぜ。山中で迷うのは御免だからな」

＊

誰よりも凜々《りり》しく、優しく、格好良い私の隻影《セキエイ》様へ
約半年ぶりの御手紙となります。
寂しいです。とても寂しいです。とっってもっ！　寂しいですっ!!
妻は夫の傍にいるもの。
嗚呼《ああ》、なのに——私達は遠く離れ離れ………。
か弱い私の心は今にも千切れてしまいそうです。
……隻影《セキエイ》様もそうですよね？
そうだ、って言ってくださいっ！
じゃないと拗《す》ねます。今度お会いした時に、すっごいことをしますっ。
——閑話休題。

【玄《ゲン》】の南征再開近し、の報を受け都はどんどん寂れています。
かつての繁栄を知るが故、物悲しいです。
我が家内も揺れ動いていて、父はやや【玄《ゲン》】寄り。私は隻影《セキエイ》様達を。
当面の間はそちらへ行くことも叶《かな》いません。
お返しの手紙でどうか慰めてください。
そうしたら――お会い出来る日まで頑張れますから。
便利な道具もお送りしておきましたので、使ってくださいね。
またすぐに御手紙を書きます。

追伸
『臨京《リンケイ》』を脱出された張《チョウ》家の方々は南方におられる模様です。
詳しい話は、近日中にそちらへ到着予定の子に聞いてください。

未来の旦那様に夜な夜な夢で会っている王明鈴《オウメイリン》より

「相変わらずだな、あいつも。元気そうで何よりだが」

＊

【天剣】が納められていた祠に行って数日経《た》った、宇《ウ》家屋敷《やしき》の自室。

俺は長椅子に座り、明鈴《メイリン》の手紙を読み終え苦笑した。

外では雨が昨晩から降り続き、黒猫のユイは寝台上で丸くなっている。

脇机の上には小さな丸箱に納められた『便利な道具』――ここ数年、一部外洋船で使用されていると聞く、方位を知ることの出来る『羅針盤』。

入っていた明鈴《メイリン》の紙片によると、陸上用の試作品らしい。

『西域は手つかずの森が多いと聞いています。きっと、御役に立つんじゃないかと、作ってもらいましたっ！』

手紙には書いていたが、先んじてか。

麒麟児《きりんじ》は先の先を見通す。

これを使えば、『鷹閣《ヨウカク》』『武徳《ブトク》』間に広がる森林地帯を踏破し、行軍距離を劇的に改善出来るかもしれない。後で礼の手紙を書いておかないと。

同じ長椅子に座る、目に馴染《なじ》んできた白蒼色《しろあおいろ》の民族衣装を着た白玲《ハクレイ》が安堵《あんど》の息を吐く。

「伯母上《おば》……御無事で良かった…………」

親父殿《おやじ》が捕縛される前に臨京《リンケイ》を辛くも脱出した女傑の行方は、この半年余りの間、ずっと不明だった。

『隻影《セキエイ》！　貴方《あなた》は張《チョウ》家の当主になりなさい』

と、のたまう変わった人で、大丈夫だろうとは思っていたんだが……とにかく良かった。

隣でもう一度、手紙を読み直している白玲《ハクレイ》は表面上、親父殿の死から立ち直ったように見えるが、内側は細かい罅《ひび》の入った硝子《ガラス》みたいなもの。

近しい人間の死にはとても耐えられそうにない。親父殿を喪《うしな》った心の傷を癒《いや》すのに半年は短過ぎる。

……にしても『到着予定の子』ねぇ。

「瑠璃《ルリ》、客人が来るらしいんだが知ってるか？」

俺は目の前の椅子で両手を握り締め、目を固く瞑《つぶ》る金髪の少女に問うた。幸運の願掛けなのか帽子も外し、青の髪紐で、白玲《ハクレイ》と同じように髪を結っている。

「ちょっと黙って。今――全気力を集中させているから」

……いや、そこまで本気にならなくても。

俺は机上に広げられた宇香風《ウコウフウ》秘蔵の双六《すごろく》を見やり、揶揄《やゆ》。

「気楽に振れって。二つの賽子《さいころ》で合計『三』だぞ？　合計『十二』の内『三』を出せば、お前の勝ちが確定するんだ」

「う、五月蠅《うるさ》いわねっ！　言霊《ことだま》を知らないわけっ⁉　ここ三日間は連敗続き……この私、狐尾《コビ》の瑠璃《ルリ》の誇りにかけて、これ以上の連敗は許されないのよっ‼」

「へーへー」

俺の素っ気ない反応に、金髪の少女はわなわなと身体《からだ》を震わせた。

兵棋だと、俺や白玲《ハクレイ》、オトや博文《ハクブン》を除く宇《ウ》家の面々すらも敵《かな》わないうちの軍師様だが、双六は不思議と弱い。だからといって、連戦連勝中の白玲《ハクレイ》に縋《すが》って、髪型まで変えるのはどうかと思う。

頬杖《ほおづえ》をついて見ていると、深く息を吐き、金髪翠眼《すいがん》の少女はカッと目を開けた。

「良し、いくわ！　勝利を我が手にっ‼　**せいっ！！！！**」

凡《おおよ》そ、賽子を振る気合の入れ方じゃない。

裂帛《れっぱく》の気合と共に振られた二つの賽子は机の上を転がり、止まる。

——出目は『二』と『二』。

「なぁぁぁぁぁっ⁉」

仙娘《せんこ》の瞳がこれ以上ない位に見開かれ、絶望に染まり、頭を抱える。

説明不要。最低の出目だ。

「そ、そんな……そんな馬鹿なことがっ！」「次は私ですね。えい」

「！」「お～着いたか」

嘆く暇すら与えず、白玲《ハクレイ》が賽子を振ると『五』と『六』。

白い駒は逆転し、終点に到着。

仙娘が真っ白になり崩れ落ちる。これで何連敗だっけか。

折角の綺麗《きれい》な金髪を掻《か》き乱した瑠璃《ルリ》が、俺をギロリ。

「……何、か……？　張隻影《チョウセキエイ》様ぁぁ？」

「お、落ち着け。まだお前が二番手だ」

瑠璃《ルリ》の淡い緑駒も後一マス。必然的に次で着く。

対する、俺の黒駒は淡い緑駒よりも――十一マス後方。敗色濃厚だ。

盤面を確認した瑠璃《ルリ》は息を整え、腕を組む。

「ふ、ふんっ。私は落ち着いているわ。白玲《ハクレイ》には負けたけれど、貴方が最大の出目を出さない限り逆転は――」

「失礼致します。お茶のお代わりをお持ちしました」

柔らかい呼びかけと共に、オトが部屋へ入って来た。

今日は訓練もない完全休養日なので、西域独特の薄緑基調の衣装だ。寝台で寝ていた黒猫が起き出し、少女の足にまとわりつく。

「オト、悪いな」「ありがとうございます」「気を使わなくていいのよ？」

俺達は口々に礼を言う。

――宇《ウ》家の姫にお茶を淹《い》れさせる、か。博文《ハクブン》が知ったら機嫌を損ねそうだ。

「いえ、皆様と話すのが好きなので」

黒茶髪の少女ははにかみ、陶器の碗《わん》にお茶を注いでいく。

俺は懐《ふところ》から、祠《ほこら》の未解読文章が書かれた紙片を取り出した。

「あ、そうだ、オト。ついでに俺の分の賽子も振ってくれるか？　このままだと瑠璃《ルリ》にも負けそうなんだ」

目の前に碗を置いてくれた少女はお盆を抱え、小首を傾《かし》げる。

「え？　私がですか⁉」

うん、小動物みたいだな。

長滞在で宇《ウ》家軍の連中とも顔馴染みになったが、奴等《やつら》曰《いわ》く――

『オト御嬢様《おじょうさま》は戦場だと凛々しく、屋敷だととてもとても御可愛《おかわい》らしい！』

正解だよお前等。

羅針盤の置かれた脇机へ紙片を置くと、瑠璃《ルリ》がオトを守るかのように立ち塞がった。

「ち、ちょっと、この子を巻き込まないでよ」

うちの軍師様は、自慢の遠眼鏡をあっさりと貸し、髪を結わせる位に宇《ウ》家のお姫様への信頼が篤《あつ》い。明鈴《メイリン》の手紙を丁寧に畳み、机の引き出しにしまっている白玲《ハクレイ》も同様だ。

「別にいいだろ？　出目が低くても文句は言わんっ！」

「……仕方ないわね。オト」

「は、はぁ」

賽子を渡された少女は、最終確認で俺をちらり。

碗を掲げ、意思が変わらないのを伝達する。

「分かりました。では――いきます」

戦場に挑むかのような面持ちで、オトが賽子を投じた。

まぁ、最大の出目が出ない限り、俺の最下位は確定――

「あ、『六』と『六』です」

「へっ？」

思わず呆《ほう》けてしまい、覗《のぞ》き込む。

……うわ。

「なぁぁぁぁ！？！！」「え、え⁉」

金髪少女が悲鳴をあげてその場に崩れ落ち、床に両手をついて動かなくなる。黒猫のユイが慰めるように前脚で肩を叩《たた》く。

あー……うん。ちょっとこうなるかも、とは思ってた。

奇跡の逆転を引き起こした、困惑しきりのオトへニヤリ。

「流石《さすが》だ。戦場でも双六でも頼りになるな！」

「えっと……御役に立てて嬉《うれ》しいです」

純粋な反応に目頭が熱くなる。いい子だ。

白玲《ハクレイ》だって昔はこんな風に……いや、そんな時期はなかったか。

長椅子へ戻って来た銀髪の少女がいわれなき注意喚起。

「オトさん、騙《だま》されないでください。隻影《セキエイ》の何時《いつ》もの手です。こうやって、幼気《いたいけ》な女の子を誑《たぶら》かす酷《ひど》い人なんです」

「ひ、人聞きが悪いっ。俺は素直にだなぁ――お？」

明鈴《メイリン》と大して変わらない小さな手が、俺の足をがっちりと摑《つか》んだ。

奮戦の末、息絶えた筈《はず》の仙娘様が、禍々《まがまが》しい黒花を撒《ま》き散らしながら唸《うな》る。

「………もう一戦よぉぉ。負けたままじゃ、眠れないわぁぁ………」

うーん……負けず嫌いもここまで来ると大したものというべきか。怪異じみてきてるぞ、というべきか。

俺は紙袋から揚げ菓子を数本取り出し、瑠璃《ルリ》に見せた。

「………」

素直に口を開けた為《ため》、数本を食べさせる。途中、白玲《ハクレイ》も開けたので食べさせる。

「あ……えと………」

オトがもじもじしていたように見えたのは、気のせいだと信じたい。

瑠璃《ルリ》の瞳に正気が戻ってきたのを確認し、俺は手を布で拭った。

羅針盤に触れ、先程の紙片をひらひら。

「あ～明鈴《メイリン》が送ってきたこいつの使い道と、廃廟《はいびょう》で写してきた文字について話しておきたいんだが？」

「………」

金髪の仙娘様は唇を尖《とが》らせて、長椅子に座り込んだ。

手と脚を組み重々しく宣告。

「再戦が嫌だと言うなら、今晩はあんた達の部屋に朝まで居座るわ」

「隻影《セキエイ》、やりましょう」

俺よりも先に白玲《ハクレイ》が即断する。

未《いま》だうちのお姫様は俺と離れて、眠ることが出来ない。夜話の時間が減るのも酷く嫌う。

……いや、より酷くなってる気もする。

今朝なんか、起きたら俺の寝台で、俺に抱き着いて寝てやがったし。

瑠璃《ルリ》が唇を動かした。

『将を射るなら、ね♪』

くっ！　完全に見透かしていやがるっ。

束《つか》の間《ま》、逡巡《しゅんじゅん》した後――俺はガクリと肩を落とした。

「仕方ねぇなぁ。もう一戦だけだぞ？　オト、お前も参加してくれるか？」

「……今度は負けないっ」「――はい。喜んで」

軍師様は戦意をみなぎらせ、宇《ウ》家のお姫様も嬉しそうに駒を出してきた。

そんな二人を見て微笑《ほほえ》んだ白玲《ハクレイ》は、黒猫を捕まえ俺の膝上へ乗せた。

――こんな穏やかな時間がずっと続いてくれればな。

心からそう願い、駒を並べ直そうと手に取った次の瞬間、

「は、白玲《ハクレイ》御嬢様、隻影《セキエイ》様、瑠璃《ルリ》様っ！」

息を切らし、鳶《とび》茶髪の若い女官が部屋に飛び込んで来た。驚いて黒猫が耳を動かす。

尋常な様子じゃない。

「朝霞《アサカ》、どうしたの⁉　落ち着きなさい」「どうぞ」

まず、白玲《ハクレイ》が近寄り白布を、オトも水を注いだ碗を朝霞《アサカ》へ手渡した。

「あ、ありがとうございます」

汗を拭い、水を飲み干す。

気を取り直した白玲《ハクレイ》付きの女官が報告する。

「宇香風《ウコウフウ》様より、御伝言でございます――**『都より使者あり。我が部屋へ至急参集されたし』**。宇《ウ》家と張《チョウ》家にとっての、大事であるとも仰《おっしゃ》っていました」

『都から？』

こんな時期に？

嫌な……とんでもなく嫌な予感がする。

白玲《ハクレイ》も同じ想《おも》いだったらしく「隻影《セキエイ》……」不安そうに俺の袖を摘《つ》まんだ。オトも打って

変わって、厳しい顔だ。

——唯一変わらないのは、髪型を手早く戻した瑠璃《ルリ》。

手で『取って』と合図されたので、机の上の帽子を投げる。

器用に頭で受けた仙娘《せんこ》は皮肉気に唇を吊《つ》り上げた。

「確かに『客人』、ね。厄介な、が抜けてる気もするけど。……勝負の続きは夜にしましょう。勝ち逃げは許さないわ」

＊

重苦しい空気の部屋では、椅子に深々と腰かけ香風《コウフウ》と博文《ハクブン》が待っていた。

……俺達だけじゃなく、『鷹閣《ヨウカク》』の防衛態勢を整える為、日々奔走している博文《ハクブン》まで呼び寄せる使者ねぇ。

「御祖母様《おばあさま》、隻影《セキエイ》様達をお連れしました」

いるとは思っていなかったのだろう、兄の姿を見てオトが硬い声で報告する。

精神的な疲労を隠しきれていない婆《ばあ》さんが、額に手を当てたまま口を開く。

「……突然悪かったね」

「気にしないでくれ。借りた双六分だ」

軽く返すと、『何故《なぜ》、オトを連れて来たのだ⁉』と俺を睨《にら》んでいた、宇《ウ》家の次期当主は更に苦々しい顔になった。

薄黒髪を乱雑に掻《か》き乱し、博文《ハクブン》が額の汗を布でしきりに拭う。

「……使者の御方は先の間に待たせている。非常に厄介な内容だ」

宇《ウ》家は【栄《エイ》】でも屈指の武門。

博文《ハクブン》とて実戦は経験していると思うんだが……焦燥を表に出し過ぎだ。

誰かが会話を聴いていて、家中にも伝播《でんぱ》したら悪影響が出るのは必至。後で婆さんに伝えておかないと。

俺の懸念《けねん》には瑠璃《ルリ》と白玲《ハクレイ》も気付いていていて、強引に話を進める。

「で――誰なのよ？　その使者様は」

「一度来た際は『鷹閣《ヨウカク》』で追い返した、と聞きましたが」

宇《ウ》家軍は、オトの古参兵部隊と警備部隊を武徳《ブトク》に残し、ほぼ全戦力を中原と唯一街道で結ばれている、要害の鷹閣《ヨウカク》に集中配置している。庭破《テイハ》に指揮を託した張家軍《ちょうかぐん》約千も同様だ。如何《いか》なる人物も許可がなければ通れない。

宇香風《ウコウフウ》が深く深く嘆息した。

「……今回もそうしたかったんだがね。兵達の一部に気付かれちまったのと、皇帝の勅書だけでなく、王家の書簡を持っていたんだ。常虎《ジョウコ》が生きていれば、それでも拒絶したかもしれないが……私にそこまでの決断は出来なかった。あの家との繋《つな》がりが断たれてしまえば、私達は中原の『耳』まで喪《うしな》っちまう」

やっぱり明鈴絡《メイリンがら》みか。……あいつ、誰を送って来やがったんだ？

宇博文《ウハクブン》が頰を引き攣《つ》らせながらも、はっきりと告げる。

「使者として来られたのは……信じ難《がた》いことに光美雨《コウミウ》様。皇帝陛下の妹君だ」

「⁉」

オトが咄嗟《とっさ》に口元を押さえた。無理もない。

よりにもよって皇族かよっ。

「………」「白玲《ハクレイ》」

蒼眼《そうがん》に怒りを滲《にじ》ませた少女の肩を俺は軽く抱いた。こいつにこんな顔は似合わない。

俺達を一瞥《いちべつ》し、瑠璃《ルリ》が皮肉交じりに評する。

「でも――悪くない人選よ。『皇帝の妹』には、まだ多少なりとも権威が残っているもの。事実、宇《ウ》家はこうしてこの地まで通してるわけだし？」

「……耳が痛いねぇ」

婆さんは自嘲し、忸怩《じくじ》たる想いを滲ませた。

皇帝主導の無謀極まる西冬侵攻《セイトウ》戦で息子を喪った自分が、皇帝の妹を迎え入れなければならない矛盾――察するに余りある。

翠《みどり》の双眸《そうぼう》に怜悧《れいり》さを露《あら》わにした軍師が断言。

「要求内容は、十中八九『援軍要請』よ。だけど、今の宇《ウ》家軍にそこまでの余裕はあるのかしら？」

「……その通りだ」

博文《ハクブン》が机の巻物を開き、俺達へ見るよう顎をしゃくった。

動こうとしないオトを除き、俺、白玲《ハクレイ》、瑠璃《ルリ》は中身を確認。

こいつは――宇《ウ》家の実兵力や物資の備蓄状況！　どう考えても最高機密だ。

西域最高の内政官は慨嘆する。

「……我が家に往年の力はない。『蘭陽《ランヨウ》』で常虎《ジョウコ》と共に散った者達は、替えの利《き》かない精兵達であった。要求してくるだろう規模の軍派遣等、とてもではないが出来ぬ」

婆さんが肘をつき、両手で顔を覆う。

外の雨風が強くなり、激しい音を立てる。

字義通りの苦渋を滲ませ、考えを示す。

「しかも……他の使者ならいざ知らず、勅書を携えた皇帝の妹を無下に扱えば、私達は本気で【栄《エイ》】からの離反を考えなければならなくなっちまう」

「なのに、担保する軍の再編には時間がかかる、か」

「「…………」」

宇香風《ウコウフウ》と宇博文《ウハクブン》は、黙ったまま俺の言葉に首肯した。

援軍を拒絶しても地獄。援軍を出しても地獄。

……最悪だな。

行き場のない怒りで身体《からだ》を震わす白玲《ハクレイ》の背を、俺は優しく擦《さす》り提案した。

「婆さん、取りあえずその皇妹殿下に話を聞いてからにしようぜ。判断はその後でも遅くない。――だろ？」

殆《ほとん》ど調度品のない殺風景な部屋で俺達を待っていたのは、古びた椅子に座る二人の少女だった。

一人は十三、四。薄黒茶の髪と瞳に白い肌が印象的で、恐ろしく整った容姿。

長旅のせいか疲労が表にでているが、皇族にしか許されない金黄が使われた服装からして、こっちが皇妹か。

首には御守《おまも》りだろう、何かをかけている。

もう一人の外套《がいとう》姿の少女は、おそらく俺や白玲《ハクレイ》と同年代か少し下。

従者兼護衛。警戒のし過ぎで肢体に力が入っているのが分かった。

先頭の婆さんが、まず少女達の向かい側に腰かけた。

博文《ハクブン》とオトはその後方へ回り、俺と白玲《ハクレイ》、瑠璃《ルリ》は入り口前で待機する。

「お待たせしたね。当主代行を務める、宇香風《ウコウフウ》だ。この子達は孫の博文《ハクブン》とオト、そして
――同席者だ。鄙《ひな》生まれなんでね、堅苦しい口調には慣れていない。不敬だと言うなら、
今すぐ席を立っておくれ。私は止めやしない」

皇帝の妹相手ともなれば上座を譲るのが習わし。

だが、婆さんは許可もなく、対面に座った。

――『宇《ウ》家として、皇帝家に阿《おもね》るつもりはない』との意思表示。

さっきは弱音も漏らしていたが、中々どうして。虎の母親もまた虎だ。

主への恥辱と受け取ったのか、護衛の少女が腰を浮かす。

「芽衣《メイ》。はい、問題ありません」

皇妹は威厳ある声で押し止《とど》め、口調の件を了承した。思ったよりも肝が据わってるな。

いやむしろ、以前に同じような体験をして——婆さんの言葉を思い出す。

『王《オウ》家の書簡』。

お前か、明鈴《メイリン》っ。

白玲《ハクレイ》と瑠璃《ルリ》も囁《ささや》き合う。

背筋を伸ばした皇妹は、座ったままではあるが宇香風《ウコウフウ》へ頭を下げた。

「『臨京《リンケイ》』より勅使として参りました、栄《エイ》帝国皇帝が妹——光美雨《コウミウ》です。会談の機会を与えて下さり、心から感謝致します」

……皇宮にいる名門の連中が見たら、唖然《あぜん》としちまうな。

宇《ウ》家は西方の名家とはいえ武門。

文官優位な栄《エイ》において、皇帝の妹が宇《ウ》家の当主代行に頭を下げる。

驚天動地の事態ってやつだ。

逆に言えば、外聞やらを気にする余裕がもうない、ってことでもあるが。

死戦場を潜《くぐ》り抜けてきた俺達とオトが冷めている中、常識を弁《わきま》えている博文《ハクブン》は脂汗を布で拭いた。

「……勅書の中身を確認する前にお尋ねしたい」

顔を蒼褪《あおざ》めさせた兄が心配なのか、オトが幾度も目で合図を送る。

それに励まされたのか、博文《ハクブン》は真っすぐ前を見た。

「主上は我が家に、今更何をお望みか？　知っての通り、我が家は『蘭陽《ランヨウ》』にて当主を含め、数多《あまた》の将兵を喪った。士気も回復していない。とてもではないが……」

「分かっていますっ。……それでも」

交渉の席では不作法の極みだが、皇妹が話を途中で遮った。

胸元から小袋を取り出し、悲し気に訴える。

「それでも、私達はもう貴方《あなた》方に縋《すが》るしかないのです」

「「…………」」

婆さんと博文《ハクブン》が黙り込む。

長年に亘《わた》って培《つちか》われた、皇帝家に対する崇敬の念は根深いのだろう。

……実戦で散々、艱難辛苦《かんなんしんく》を味わった俺達には何も響かないが。

守り袋を握ったまま、皇妹が言葉を絞り出す。

「既に――【白鬼《はっき》】は『敬陽《ケイヨウ》』より軍を発し、南征を再開しました」

『！』

予測していたこととはいえ、衝撃を受けるのは避けられなかった。

アダイが全軍で『臨京《リンケイ》』を目指して進撃する。親父《おやじ》殿達のいない今の栄軍《エイ》じゃ。

芽衣《メイ》と呼ばれた女従者に地図を机に広げさせ、皇妹が最新の情勢を説明する。

「兄上は、南方から軍を引き上げさせました。また、広く義勇兵を募り、新たな軍を編成させています。その全兵力を『臨京《リンケイ》』に集中——」

動かす指ははっきりと震えている。無理もない。

自分がこの交渉に失敗すれば、亡国を限りなく招きよせてしまう。

そんな重圧を受けて、普段通りな奴《やつ》はおかしい。明鈴《メイリン》とか、瑠璃《ルリ》とか、明鈴《メイリン》とか。

『……隻影《セキエイ》さまぁ？』「（……ねぇ今、私のことをけなさなかった？）」

脳裏と耳元に麒麟《きりん》児《じ》と軍師様の囁きが聴こえたのは気のせいだ。

俺が手で背伸び中の瑠璃《ルリ》を押さえていると、皇妹が決然と言い切った。

「水塞群及び大水塞にて迎え撃たれるつもりです——その数合わせて十万」

『——っ』

室内全員が息を呑《の》む。皇帝自身が決戦を希求しているとは。

てっきり、また奸臣《かんしん》に惑わされてるもんだとばっかり――

「「……ん？」」

俺は無意識に頭を、瑠璃《ルリ》も青帽子に触れた。

戦力の集中大いに結構！

数は極々一部の例外を除き、質を凌駕《りょうが》し得る。

だが……アダイなら、今の弱兵ばかりな栄《エイ》軍を各個撃破することも容易な筈《はず》。

大河以南が騎兵運用し難《にく》い地勢とはいえどうして、迅速に軍を機動させないんだ？

「なれど――籠城《ろうじょう》とは本来、援軍の当てがあって成立するもの。難攻不落の大水塞と謂《い》えど、何《いず》れ押し切られてしまうでしょう。ですが！　宇《ウ》家軍の来援があれば、戦局すらも回天させ得ますっ!!」

「（隻影《セキエイ》、瑠璃《ルリ》さん？　どうかしましたか??）」

皇妹の演説を聴きつつ、白玲《ハクレイ》が俺と瑠璃《ルリ》の顔を覗《のぞ》き込んできた。

昔と変わらない、ただ純粋に心配している時の表情だ。

口は悪いし、厳しいし、散々我《わ》が儘《まま》も言うが、張白玲《チョウハクレイ》の優しさに俺は救われてきた。

あの雪を鮮血で染めた悪夢みたいな死戦場でもこいつは俺を――……今、俺は『何処《どこ》』を考えた？

「(……隻影《セキエイ》、本当に大丈夫ですか?)」「(──あ、ああ。大丈夫だ)」

銀髪の少女に答えると『戦場』は霧散し、代わりに英風《エイフウ》の言葉が蘇《よみがえ》った。


『各個撃破は軍略の基本。──が、集めて潰す方が楽な時もままある』


──……ああ、そうか。全部仕組まれているのか。

徐飛鷹《ジョヒヨウ》の叛乱《はんらん》も、一時期行われた軍の戦力分散すらも、その悉《ことごと》くがアダイの掌《てのひら》の上。

もう分散しておく必要性がなくなったから『纏《まと》めさせた』だけ。

瑠璃《ルリ》も気づいたようで、顔を顰《しか》めている。

皇妹は息を整え、香風《コウフウ》と博文《ハクブン》を見つめた。

「……貴家が私達に不信を抱かれているのは理解しています。仕方ないことでもあるのでしょう。ですが、このままでは【栄《エイ》】という国は間違いなく滅びるのです。どうか今一度、兄上に力を貸していただけませんか? お願いします」

「「…………」」

真摯な訴えに香風《コウフウ》と博文《ハクブン》が黙り込む。

危機に瀕《ひん》した故国を自分達が救う──甘美な響きだ。

光美雨《コウミウ》の言葉は抗《あらが》い難《がた》い毒を帯びている。

白玲《ハクレイ》の表情を窺《うかが》うと、優しく十二分な良識を持つ俺の幼馴染《おさななじみ》は手で【白星《はくせい》】の柄《つか》を握り締め、皇妹を見つめていた。

そこにあるのは馬鹿でも分かる。

深い深い悲しみと、今にも噴出してしまいそうな程の憤怒《ふんぬ》だ。

俺の言葉にするならば——

『親父殿を、張泰嵐《チョウタイラン》を殺したお前等がいうのかっ！　ふざけるなっ‼』

……こいつに、幼い俺の命を救ってくれた張白玲《チョウハクレイ》に、汚い悪口雑言を吐かせるわけにはいかない。口にしてしまえば、それ以上に必ず傷つく。

人を糾弾して無傷でいられる程、俺の幼馴染は強くないのだ。

そんな姿は見たくない、絶対に。

俺は数歩前へ進み、皇妹を白玲《ハクレイ》から隠した。わざと無造作に確認する。

「で？　あんた達に味方した際の見返りは？」

会話に加わってきた俺を見つめ、皇妹が戸惑いながら問う。

「……貴方は？」

「張隻影《チョウセキエイ》だ」

後方で白玲《ハクレイ》が動こうとする気配を感じたので、瑠璃《ルリ》に手で合図を送る。

矢面に立つのは俺だけでいい。

薄い黒茶の瞳が大きくなり、少女は驚きを示す。

「！　貴方が張《チョウ》家の……。『臨京《リンケイ》』では、王明鈴《オウメイリン》にとても世話になりました」

「無駄口を叩《たた》く習慣は持ってない。質問の答えを聞かせてくれ。仮に宇《ウ》家が中原へ援兵を派遣した場合——皇帝はどんな見返りをくれるんだ」

「…………」

予想していなかったのだろう、素っ気ない俺の態度に分かり易《やす》く怯《ひる》み、皇妹は目を伏せた。芽衣《メイ》という少女は、俺の礼を失した態度に外套下の短剣を今にも抜き放つ勢いだ。

美雨《ミウ》は身体《からだ》を微《かす》かに震わせ、答える。

「勅使といっても……側室の娘である私自身に権限は殆《ほとん》ど与えられていません。勅書にもそのような内容は書かれておらず、全てが決まるのは国難を打開した後です」

つまり——この少女は廟堂《びょうどう》に一切期待されておらず、送り出された存在に過ぎない。

都の連中は未《いま》だ『どうにかなる』という幻に溺れ、宇《ウ》家との連携を模索する気もなし。

皮肉が勝ち過ぎてるな。

……国が亡《ほろ》びる時ってのは、不可思議な事が往々にして起こる。

窓に近づき、降り注ぐ雨に濡《ぬ》れる遠くの山脈を俺は眺めた。

山頂付近では龍のような稲妻が走り、遅れて音が轟《とどろ》く。淡々と話を続ける。

「皇族のあんたが此処《ここ》まで来た勇気には敬意を表す。が――俺は皇帝家の人間を一切信用していない。ああ、宇《ウ》家が援兵を出すのを止める気はないぜ？　婆《ばあ》さん達がそうしたいなら、そうするといい。ま、奇跡的に【白鬼】を追い払ったとしても」

肩越しに、白玲《ハクレイ》が瑠璃《ルリ》に腕を摑《つか》まれているのを確認。うちの軍師はとても良い奴だ。

宇香風《ウコウフウ》、宇博文《ウハクブン》と目を合わせる。

「戦後、邪魔になったら処刑されるだろう。走狗《そうく》は烹《に》られるのが歴史の常だからな」

「そ、そんなことはありませんっ！」「貴様、皇帝陛下をも侮辱するつもりかっ！」

宇《ウ》家の二人よりも先に美雨《ミウ》が狼狽《ろうばい》し、芽衣《メイ》は憤怒で顔を紅潮させた。

反応を無視し、心底の疑問と共に尋ね返す。

「皇帝は故国を必死に守り続けた親父殿に――……【張護国《チョウごこく》】に何をした？」

「「…………」」

美雨《ミウ》と芽衣《メイ》が完全に黙り込み、目を伏せた。香風《コウフウ》と博文《ハクブン》は瞑目《めいもく》したままだ。

数歩近づき、薄黒茶髪の少女へ話しかける。

「姫さん。あんたはさっき『今一度』って言ったな?」

「……はい」

【黒星《こくせい》】の柄に手で触れ、頭を振る。

「違うぞ? 『信義』は一度でも喪《うしな》われたら仕舞いなんだ。猜疑《さいぎ》を内包した軍は、数を揃《そろ》えても恐ろしく脆《もろ》い。あんた達は忘れても、将兵と民は、あんた達が何をしたかを覚えている。まして——相手はあの【白鬼】アダイ・ダダ。そこを突かない訳がない」

「…………」

皇妹は俺を凝視し、石像のように固まっている。

反応からして——明鈴《メイリン》にも似たようなことを言われたのだろう。

「今までの戦況を鑑《かんが》みれば、『臨京《リンケイ》』に兵を集めていることなんて、先刻あいつはお見通しだ。むしろそう仕向けた可能性が極めて高い。禁軍《きんぐん》の分散すらも、計略の一環だったのかもしれん。今は一気に『掃除』する為《ため》に、ただ纏めさせようとしているんだ。……あの恐ろしい【白鬼】の眼中にあんた達はもういないんだよ」

思えばアダイは、親父殿との決戦を避けていた。

敬陽《ケイヨウ》で野戦に応じたのは、大局的な勝利を盤外で手に入れた後。……敵ながら見事だ。

美雨《ミウ》が席を立ち、髪を振り乱す。

「そ、んな……そんなこと……人の身で出来るわけがっ！」

「奴を人だと思うな。【王英《おうえい》】すらも超える怪物――この千年来で最高の大英雄だ。大水塞が三日と持たずに陥落しても、俺は驚かない」

難攻不落――如何《いか》にそう呼ばれた城砦《じょうさい》とて、人が造った物ならば必ず落ちる。

白玲《ハクレイ》の右腕を拘束しながら、瑠璃《ルリ》が見立てに駄目出しをしてきた。

「見立てが甘いわ。訓練不足の新兵や義勇兵が大型投石器の一斉射撃に耐えられると思う？　【西冬《セイトウ》】を属国にしている以上、戦訓を得て改良された金属製の鎧兜《よろいかぶと》、未知の火薬兵器を大量投入してきても全く驚きはないのよ？」

「じゃあ、半日だ」

「妥当なところね」

『………』

軽口を叩き合う俺と瑠璃《ルリ》を、香風《コウフウ》と博文《ハクブン》、皇妹主従が畏怖する。

矢の効き難い重装歩兵と攻城用大型投石器。そこに火薬を用いた兵器群。

得意の騎兵運用が、多くの河川、沼沢に阻《はば》まれ出来なくても……今の栄《エイ》軍でどうこう出来る相手じゃない。

俺は髪を掻《か》き上げ、名を呼んだ。

「光美雨《コウミウ》」

「！」

親族を除けば、名前を呼ばれる経験が殆どないのだろう、少女は身体を硬くした。

——王明鈴《オウメイリン》は白玲《ハクレイ》とはまた違った分野の麒麟児《きりんじ》。

この勇敢だが世間知らずの皇妹に俺や白玲《ハクレイ》が遭遇した際、どういう想《おも》いを抱くのかを考えていない筈がない。

『何か』があったのだ。

明鈴《メイリン》をして『俺達と引き合わせる価値がある』と判断させるだけの『何か』が。

左手を軽く振り、勧告する。

「出す物があるならとっとと出してくれ。交渉の主導権欲しさにつまらない駆け引きをするのなら、俺は乗らない。婆さん、良いよな？」

「……勿論《もちろん》だよ。はっきりさせておこう。あんた達が乗らないのなら、宇《ウ》家も断る。古参兵達が皆、怒っちまうからね」

話を振ると、宇香風《ウコウフウ》は『張《チョウ》家と歩《あゆみ》を合わせる』意志を明確にした。博文《ハクブン》も頷《うなず》く。

皇妹の顔が歪《ゆが》み、従者の娘は心配で居ても立っても居られないといった様子だ。

その間に瑠璃《ルリ》は白玲《ハクレイ》の耳元で何事かを囁《ささや》き、解放。

すぐさま、幼馴染の少女が俺の隣へやって来た。……滅茶苦茶《めちゃくちゃ》怒っていやがる。

「隻影《セキエイ》の言う通りよ。明鈴《メイリン》があんた達を寄越《よこ》したってことは――」

話を引き取ったうちの軍師様が、腰の遠眼鏡を引き抜き、器用に指で回転させた。

――その翠眼《すいがん》は氷のように冷たい。

「『何か』があるんでしょう？　あの子も敢《あ》えて聴かなかったような代物が。それが交渉材料になるのか、ならないのかを判断するのは貴女《あなた》じゃない。私達よ」

「…………はぁ」

美雨《ミウ》が小さく深い息を吐いた。

立ち上がり、俺と白玲《ハクレイ》を見つめ、首の守り袋を外す。

「……非礼を心から謝罪します。改めて、私自身が差し出せるのはこれだけです」

『？』

皆の視線が小さな袋に集中した。

……この刺繡《ししゅう》の紋様、何処《どこ》かで。

ああ、【天剣《てんけん》】の祠《ほこら》に描かれていた『玉』か。

瑠璃《ルリ》に手で説明を促され、皇妹が口を開く。

「煌《トウ》帝国を生きた家祖から、我が母の『波《ハ》』族に代々受け継がれてきた——煌《トウ》帝国初代皇帝が作らせた【伝国の玉璽《でんこくのぎょくじ》】にまつわる『鍵』です。これをそちらへお渡し致します、だから『臨京《リンケイ》』の救援を、どうか……どうかっ、お願い致します……！」

＊

その日の晩。

俺は自室前の庭で目を瞑《つぶ》り、【黒星】と【白星《はくせい》】の柄《つか》を握り意識を集中させていた。

時折吹く心地好《よ》い夜風が髪をそよがせる。

——想定する相手は左頬に深い刀傷。大剣を持つ巨軀《きょく》の男【黒刃《こくじん》】ギセン。

『亡狼峡《ぼうろうきょう》』と『敬陽《ケイヨウ》会戦』で剣を交えた玄《ゲン》の猛将であり、かつて瑠璃《ルリ》の一族を滅ぼしたという男は、俺が知る限り最強。

こいつに勝たないと、白玲《ハクレイ》や皆を守れない。

——風が止《や》んだ。

かっ！　と目を見開き【双星の天剣】を抜き放つ。
灯籠《とうろう》でぼんやりと照らされる内庭に、白と黒の残光が走った。
振り下ろされる仮定の大剣をスレスレで躱《かわ》し、双剣で反撃するも――通じない。
「………」
唇を舐《な》め、斬撃の速度を上げ、左右の動きも変化させていく。
大剣を双剣で受け、辛《かろ》うじて弾《はじ》く。
お返しに【黒星】で斬撃を放ち、【白星】で神速の突きを放つも、読まれている。
化け物だな、おい。
無理を重ねる動作に身体が悲鳴をあげ、呼吸をしろ！　と訴えてくる。
それでも――俺は止まらない。
俺や白玲《ハクレイ》を守ってくれた親父《おやじ》殿や礼厳《ライゲン》はもういないのだ。
幼い頃、命を救ってくれた幼馴染《おさななじみ》を守る為、俺はもっと強くならなければならない！
双剣を更に握り締め、前へ踏み込む！
――その瞬間、記憶にない戦場が脳裏を掠《かす》めた。

雪を血で濡らし倒れている人々と壊れた馬車。

商人と……盗賊だろうか？　全員が絶命している。

一人立っているのは幼い少年。返り血を浴び、血塗《ちまみ》れだ。

【白星】の横薙《な》ぎが残光と共に仮定のギセンを斬り裂き、俺は動きを止めた。

さっきの光景も霧散する。

……何だ、今の？

小首を傾《かし》げながらも双剣をゆっくりと鞘《さや》へ納める。

「……ふぅ」

初めて千年来の愛剣を振るった時よりも、手に馴染《なじ》んできた。

偶《たま》にはこうして双剣を振るうのも悪くない。白玲《ハクレイ》に借りるのは大変だが。

そんなことを思っていると、拍手の音が耳朶《じだ》を打った。

「相変わらず見事ね。左右の剣がまるで別の生き物みたいだったわよ？」

振り返ると、寝間着姿の瑠璃《ルリ》が椅子の近くに立っていた。

入浴帰りらしく髪をおろし、頭に白布をかけている。見た目だけなら、白玲《ハクレイ》に負けない美少女だ。長椅子に置いておいた布で汗を拭う。

「褒めても双六《すごろく》の勝ちは譲らないぞ？」

「じ、実力で勝つわよっ！」

怒りながらも、水筒を投げつけてくる瑠璃《ルリ》はいい奴《やつ》だ。

受け取り、冷水を流し込んで腰かける。

「白玲《ハクレイ》は？」

「オトと楽しそうにお茶の準備をしてるわ。もう少しで来るんじゃない？」

宇《ウ》家のお姫様は、瑠璃《ルリ》だけでなく白玲《ハクレイ》とも仲が良くて助かる。敬陽《ケイヨウ》では明鈴《メイリン》ともうまく付き合っていた。

椅子の上の籠で丸くなった黒猫を撫《な》で、俺は仙娘《せんこ》に昼間の話を振る。

「ちょっと面倒な事になったなー」

「あら？　そうじゃなかったことがあった？」

身も蓋もない返しに、俺は苦笑。確かにそうだな。

手を軽く叩《たた》き、恭《うやうや》しく頭を下げる。

「さて——博覧強記な我が帷幕《いばく》の軍師殿。浅学な俺に今一度、【伝国の玉璽】について、御教授願いたい」

「いいわよ。その代わり、明日は兵棋ね」

そこまでして勝ちたいのかよ。負けず嫌いめっ。

椅子に腰かけ、目で『髪、拭いてー』と瑠璃《ルリ》が指示を出してきた。

懐《なつ》かれたのを良しとすべきか、もう少し自分の容姿を気にしろ、と注意すべきか。

俺が隣の椅子に座り布で髪を拭いてやると、足をぶらぶらさせながら仙娘は上機嫌に話し始めた。

「約千年前。史上初めて『皇帝』を名乗った【煌《トウ》】の飛暁明《ヒギョウメイ》は、『大丞相《じょうしょう》』王英風《オウエイフウ》の進言に従い、それまで王位に即《つ》いた者が行っていた祭事による政《まつりごと》を止《や》め――」

風が吹き、金髪をキラキラと輝かせた。

正に伝説の仙女の姿。大人になったら誰もが放っておかないかもな。

「文書による政へと切り替えた。今も昔も神聖視される大陸北方『老桃《ロウトウ》』の枝で、皇帝本人の印を作らせてね。――それが今日《こんにち》の世で、【伝国の玉璽】と呼ばれている代物よ」

そんなだった……かぁ？

小難しい話は王英《おうえい》に任せてしまっていた。枝を斬った記憶はあるんだが。

「詳しいな」

「うちの先祖も作製に関わっていたらしいしね。知ってる？『老桃《ロウトウ》』の枝で作られた品々って、鋼鉄よりも頑丈らしいわよ？」

「ハハハ」

……いや、比較にならない。

当初、枝を採集しに出かけた連中じゃ歯が立たず、最後に俺が駆り出されたわけで。

加工する際も、仙人を名乗る爺《じい》さんの指示通りに斬ったような。

腕を組み、瑠璃《ルリ》が説明を続ける。

「煌《トウ》の【玉璽】は帝国が崩壊した後、行方不明に。その後も権威付け目的で、模造品が盛んに作られてきたわ。今の栄《エイ》皇帝が持っている物もきっと贋作《がんさく》ね。水筒ー」

「なるほどなぁ。ほいよ」

前世の俺達の時代から永々《えいえい》続いている、ってのも変てこな気分だ。

王英は本望だろうが。

髪を拭き終え瑠璃《ルリ》に、さっきまで飲んでいた水筒を渡すと、平然と飲み始める。

普通の少女なら多少は恥じらうだろうが、うちの軍師様は戦場経験も豊富なせいか細かいことを気にしない。白玲《ハクレイ》やオトがいない時は特にそうだ。

「厄介な皇妹が差し出してきたあの【黒鍵】――得体は知れなかったけど、本物なのかどうかを確かめる術《すべ》がないわ。どう使うかも分からないしね」

「だなー」

守り袋に入っていたのは、闇夜よりも深い漆黒の鍵だった。

宇香風《ウコウフウ》と博文《ハクブン》は驚愕《きょうがく》していたものの……肝心な【玉璽】の行方は不明。不確定要素が大き過ぎる。数日の間、宇《ウ》家に滞在するという光美雨《コウミウ》の必死な顔が過《よぎ》った。

「あいつ個人は善人なんだろう。現実を理解する頭も持っているようにも見えた。廟堂《びょうどう》でふんぞり返っていた連中よりも遥《はる》かにマシだ」

瑠璃《ルリ》は黙ったまま、俺を見上げた。

目で『続きは？』と促される。

「それでも――今の俺達が【栄《エイ》】に味方をしたとしても、アダイには勝てない。『鷹閣《ヨウカク》』で敵軍をある程度防げても、『臨京《リンケイ》』を落とされたら詰みだ。西域は結局のところ『枝』だからな。そして……あいつは指し手を誤らないだろう。侵攻はまずない」

「そうね。勝つ可能性があるとすれば――」

宝石のような翠眼。

美しいが……冷たくも刃《やいば》の如《ごと》き鋭さ。

「貴方《あなた》か白玲《ハクレイ》が、十万単位の軍を指揮下に置いて、かつ野戦に【玄《ゲン》】の主力が乗ってくれた時だけね。それですら分が悪過ぎる博打《ばくち》だけど」

「……夢物語だなぁ、おい」

親父殿ですらそんな軍を終生持つことは叶《かな》わなかった。

瑠璃《ルリ》が左手を突き出し、三本の指を立てた。

「『天の時。地の利。人の和』——

聞いたことがあるような……。

全面的に信頼する軍師様が北天で瞬《またた》く『双星』を見上げた。

「彼《か》の【王英】は天下の統一を成した後、そう何度も口にしていた、と言うわ。今の私達にあるのはその内『人』だけ。だから……予《あらかじ》め言っておくわ、此処《ここ》から先は戯言《たわごと》よ。あんたにしか言わない。白玲《ハクレイ》とオトにも言わないで」

「お、おう」

改まった念押しに戸惑うも、首肯する。

すると、瑠璃《ルリ》は目を伏せた。躊躇《ためら》いがちに言葉を呟《つぶや》く。

「……仮に………仮によ？　あの守り袋の『鍵』が本物で、奇跡も起こって」

突風が長い金髪を乱した。

けれど、それに構わずうちの軍師は俺へ真剣な眼差《まなざ》しを向けてくる。

「【伝国《でんこく》の玉璽《ぎょくじ》】を手に入れた時、貴方はどうしたい？」

俺は目を瞬《しばたた》かせる。……考えたこともなかった。

瑠璃《ルリ》が身を乗り出し、秘密の話をするように俺の耳元で囁《ささや》く。

「（いい、張隻影《チョウセキエイ》？　人々は今も昔も『物語』をとても好むわ）」

「（ああ、そうだな）」

俺も釣られて小声になる。これぱかりは千年経《た》とうが変わらない。

金髪の仙娘が――とてもとても、とても悪い顔になる。

「（【伝国の玉璽】を持つ憂国の皇妹――担《かつ》ぐには十分だと思わない？）」

「………………」

心底思う。この少女が味方で良かった。俺にそんな発想は出てこない。

白玲《ハクレイ》やオトへ話さないあたり、ちゃんと良識も持っている。あいつ等は優しいから、話の真意を聞けば納得はしても、悩む。

確かに――全てが上手《うま》くいけば、俺達は『【玉璽】で権威を担保された皇妹』を大々的に喧伝《けんでん》することが出来、兵力不足を一気に解消出来るだろう。

『自分達が幼気《いたいけ》な皇妹様と共に国を救う』

多少なりとも愛国心を持っている者ならば、武器を持つには十分な理由だ。

『宇《ウ》家』だけでは不足でも、そこに『光美雨《コウミウ》』と【玉璽】が加われば能《あた》う。

ま、勝てたとしても、戦後の権力争いは醜悪を極めるだろうが。

あの皇妹は人の善性を信じ過ぎている。

ぽん。瑠璃《ルリ》の小さな頭を感謝の意も込めて優しく叩く。

「ま、そうだとしても、主役は宇《ウ》家だな」

婆《ばあ》さんも博文《ハクブン》も嫌がるだろうが、二人なら呑《の》み込む。

様々な手を打ちつつも現状が手詰まりなのを理解しているからだ。

そうじゃなければ――長年戦い続けて来た西域の各部族と連携を模索しない。

頭を押さえやや不満気な少女へ、この半年で実感した懸念《けねん》を伝える。

「第一、現有兵力と大半が【玄《ゲン》】に怯《おび》えている宇《ウ》家軍じゃ、中原へ打って出ること自体が困難だろ？　防衛戦が限界だ。天変地異でも起きて、アダイが指し手を間違え軍を二分。その上で『鷹閣《ヨウカク》』へ侵攻してきた敵軍に勝ち、士気を回復出来れば別だが」

瑠璃《ルリ》が頬を子供のように小さく膨らました。

手の水筒を机におき、指で前髪を弄《いじ》る。

「随分と敵の皇帝を信用しているじゃない」

「お前だってそうだろ？」

「それは……そうだけど………」

会話が途切れた。

席を立ち、近くの白梅の花に触れる。

「ま、俺のやることは今も昔も変わらん。白玲《ハクレイ》の背中を守るだけだ」

足下に黒猫がすり寄り、肩までよじ登る。こいつも数奇な猫生を送ってるよな。

ニヤニヤしながら、瑠璃《ルリ》が頬杖《ほおづえ》をついた。

「はいはい、張隻影《チョウセキエイ》様ならそう言うと思ってたわ。――でもねぇ？」

「ん？」

……嫌な予感が。

金髪の少女は左手をひらひらと屋敷《やしき》の方に振った。

「そういうのは、本人に直接言ってあげた方がいいんじゃない？」

ゆっくりと顔を向けると——樹木の陰に寝間着姿の白玲《ハクレイ》とオトがいた。

そそくさとお盆を持つ黒茶髪の少女だけが移動していく。

残された銀髪の少女は頰を染め、その場で顔を伏せ固まっている。

「………あぅ」

俺は瑠璃《ルリ》を睨《にら》みつける。おい、どうすんだよっ！

だが、そこはうちの軍師様。退《ひ》き際を間違えない。

てくてくと俺へ近寄ると黒猫を回収し、背伸びして肩を叩《たた》いてきやがった。

「さ、オト。貴女《あなた》は部屋で私と双六《すごろく》よ」「は、はい！　瑠璃《ルリ》様」

少女達が去った庭に、俺達だけが残される。

仕方ないので頰を搔《か》き、白玲《ハクレイ》の傍《そば》へ。

「あ〜……嘘《うそ》じゃないからな？」「分かっています」

ぽすんと少女の頭が胸に押し付けられる。

——甘い桃の花の香り。

「貴方のことは私が守ります。……死ぬのは私の後にして下さい」

「その約束は出来ないって。何しろ、死ぬのは俺が先だからな！」

「…………バカ」

小さく小さく呟いた白玲《ハクレイ》の言葉は夜風に紛れ、消えた。

＊

「以上、此度《こたび》の策は件《くだん》の如しです。無理攻めは行いません。宇《ウ》家軍を『鷹閣《ヨウカク》』で押さえ、陛下が直率される主軍の後背を突かせなければ、我等の任務は達成されるでしょう」

説明を終え、私——玄《ゲン》帝国軍師にして、総勢十万を超す西域侵攻軍の作戦を担《にな》う『千《せん》算《さん》』のハショは諸将を見渡した。

『安州《アンシュウ》』南部の侵攻拠点。

その中央部に設置された大天幕内は夜になっても暖かい。

最上座に座られる、侵攻軍総指揮官を務められる皇族のオリド・ダダ様の表情を確認。

私よりも若い御方だが、重厚な軍装も相まって威厳は十分だ。毛扇で口元を覆う。

「この中には、『西域攻め等、主攻ではない』『陛下と共に南征を！』と不服に思われる方もおられるでしょう」

西冬《セイトウ》出身者はともかく、歴戦故に玄《ゲン》の将達は我が強い。

自尊心を満たしておかねば、戦場で武功を求め暴走しかねない。

「ですが――【三将】亡《な》き栄《エイ》軍に比して、【虎牙《こが》】の遺《のこ》した宇《ウ》家軍は未《いま》だ精強！【双英】の故事で名高き『千崖谷《せんがいだに》』は大軍の踏破を拒み、狭隘《きょうあい》な『鷹閣《ヨウカク》』は難攻不落です。甘い考えを持てば、我等とて足を掬《すく》われかねません。偉大なるアダイ皇帝陛下の天下統一が迫る中、敗北は子々孫々まで恥となりましょう」

『…………』

将達の顔が一気に引き締まった。

泰然自若なオリド様、そして老元帥の弟君であり、数十年の軍歴を持たれる副将のベリグ殿に確認し、私は伝達する。

「今朝方、早馬が届いたのですが――陛下の率いる本軍は既に『河州《カシュウ》』の中心都市『遠《エン》理《リ》』を落としたとのこと」

「なんとっ！」「早い……早過ぎるっ！　十日足らずでまさか」「我等が『鷹閣《ヨウカク》』にとりつく前に、皇帝陛下は彼奴《きゃつ》等の都を落としてしまわれるのではないか？」

諸将がどよめく。如何《いか》に敵が弱兵とはいえ、よもやここまでとは。

毛扇で地図上の大河沿いにある『子柳《シリュウ》』を示す。

「魏平安《ギヘイアン》率いる軍も、北方より『臨京《リンケイ》』へ引き続き圧迫を加えているとのことです。陛下に進軍速度で負けるのは致し方ないことですが……旧栄《エイ》軍の風下に立つのは別でしょう」

ぶわっ、と怒気が大天幕を支配する。

この競争意識こそ、我が軍の強さなのだ。

――ばんっ！

椅子の肘附《ひじつき》を拳で破壊され、オリド様が立ち上がられ獅子吼《ししく》される。

「何も問題はない！　我等は何時《いつ》も通り敵を蹴散らし――陛下のご宸襟《しんきん》を安んじるのみ!!　諸将の奮戦に期待する!!!」

『はっ！　オリド・ダダ様っ!!』

作戦会議を終え、大天幕を出ようとした私は、憂いを帯びた声に呼び止められた。

「……ハショ、少し良いだろうか？」

「殿下？」

慌てて居住まいを正す。

北方の大草原で『四狼《よんろう》』にも勝る戦功を積み上げられ、陛下からも絶大な信任篤《あつ》き若き勇将が極めて厳しい顔をされている。後方に控えられた、白髪のベリグ殿も同様だ。

一気に血の気が引く。

「も、もしや、間違いがあったでしょうか？　此度の策、消極的かもしれませぬが、御前会議においても、陛下は【玉璽】の件は一旦棚上げにし強攻は避けよ、と……」

「問題はない。約二万の宇《ウ》家軍を抑え込むこと、造作もなかろう。――此処《ここ》から先は」

「……はっ」

我等だけの秘密、と。

オリド様が、秀麗な眉をますます顰《ひそ》められる。

「此度の西域攻めなのだが……少しおかしいと思わぬか？」

「と、申されますと……？」

燭台《しょくだい》の蝋燭《ろうそく》が音を立てた。

良く陽に焼けた指で、オリド様が地図を叩かれる。

「お前も言っていた通り、栄《エイ》の【三将】既に亡く、南方では陛下の掌《てのひら》の上で踊る徐《ジョ》家の小僧が暴れ回り、宇《ウ》家は鄙《ひな》の地に引き籠っている」

「…………」

言わんとされていることを察し、私と老将は黙り込む。

若き勇将が歯を食い縛られる。

「このような状況で、我が軍を二分する意味が果たしてあるのか？　全軍を以《もっ》て『臨京《リンケイ》』を落とし、【栄《エイ》】を滅ぼしてしまえば済むではないかっ！」

「……殿下、それ以上は」

アダイ陛下は我が国における現人神《あらひとがみ》。

冗談めかしたものはともかくとして、真正面からの批判は禁忌に等しい。

「十余年前、戦場で即位されて以来、従兄殿の打つ手には一切の瑕疵《かし》はなかった。結果──我が国は興隆し、今や国力で勝る【栄《エイ》】をも圧倒しつつある」

けれど、オリド様は余程鬱憤を溜《た》められていたようだ。

陛下を『従兄殿』と呼ばれるとは。

「だからこそ……だからこそ分からぬのだっ。【伝国の玉璽《でんこくのぎょくじ》】に天下に轟《とどろ》く権威があったとしても、この戦況下に優先すべき事柄ではあるまい。どうして、従兄殿は突然、無意味な『西域』攻めを言い出された……？　しかも、御自身が率いられることがなくなった途端、『損害を避ける為《ため》、強攻は避けよ』『【玉璽】の件は棚上げとする』だ！」

そこにあるのは心底からの疑念と憤《いきどお》り。

これればかりは騎馬民族出身者には理解し難《がた》いかもしれない。

確かに軍を二分するは下策。私も当初は同じ想《おも》いを抱いた。

だが——天下統一が視野に入った以上『統治』への一手もまた必須。

おそらく、陛下は私の古巣である秘密組織『千狐《せんこ》』から、【伝国の玉璽】についての情報を得られたのだろう。

故に当初は御自《おんみずか》ら軍を率い、西域を攻められる意志を示された。

張泰嵐《チョウタイラン》の遺児云々《うんぬん》は、将兵を納得させる為に挙げられたのだと推察出来るし、強攻策を禁じられたのも、自分でなければ犠牲が大きい、と判断されたに過ぎない。

我等の才はあの御方に遠く及ばないのだ。人は鬼に勝てない。

……布陣前、内々にオリド様から相談された『策』の実行だけはお止めしなければ。

全てを話せはしないものの、私は言葉を尽くす。

「殿下、赤心より進言致します。此度の侵攻にて大なる戦果を追うのは下策。主は宇《ウ》家軍に対する牽制《けんせい》及び恫喝《どうかつ》をお心得ください。なれど、決して楽な任ではありませぬ。張泰《チョウタイ》嵐《ラン》の遺児達が彼《か》の地に逃れているならば、我等の強敵となりましょう」

「……我が軍の兵に【今皇英《こうえい》】と恐れられる張隻影《チョウセキエイ》と災厄を齎《もたら》す銀髪蒼眼《そうがん》の娘か」

不快そうにオリド様は、眉間に皺を寄せられた。

この若き勇将は、陛下の【皇英】となることを公言して憚《はばか》らない。

無骨な双剣の鞘《さや》を叩き、犬歯を剝《む》き出しにされる。

「ふんっ。面白い！【今皇英】は私独りで十分だということを、教えてくれよう」

話題は逸《そ》らせたが、藪蛇《やぶへび》であったか。

「……お願い致します。お止《や》めください」

心底よりの懇願が口をついた。

陛下の従弟に何かあらば、私の細首でどうこうなる問題ではなくなる。

快活な笑みを浮かべられ、若き勇将は私の肩を幾度も叩かれた。

「冗談だ！　ただし――例の『策』、実行部隊は私がもらうぞ。既に西冬《セイトウ》の【御方《おんかた》】へ話を通し道案内も用意した。猟師として西域に入り込み、『鷹閣《ヨウカク》』付近の地理に精通した者だ。『戦力分散は愚』――【王英《おうえい》】の格言に従い、手早く宇《ウ》家を降《くだ》し、従兄殿達に合流しようではないか。【玉璽】は天下統一後、ゆるりと探し出せば良い」

「！？！！！」

心臓が止まりそうになる。独断専行を諦めておられなかったかっ！

しかも、ここであの妖女の名が出てこようとはっ‼

黙ったままの老ベリグ殿が、私にだけ見えるよう首を小さく振った。

賛成しておられるのは、オリド様だけか。

「……その件、先日も申しましたが、どうかお考え直しください。殿下の武勇、疑いは微《み》塵《じん》もありませんが、余りにも危険です。そもそも、その間の指揮はどうされるのです」

「ハショ、お前が執れ。私は……私の為《な》すべきことを為して、『武徳《ブトク》』を落とす。立ち塞がるならばついでに張泰嵐《チョウタイラン》の遺児達も掃除してくれよう。全ては従兄殿の御為《おんため》に、だ」

「殿下！　それは……」

呼び止める間もなく、オリド様は呵々《かか》と笑いながら颯爽《さっそう》と大天幕を出て行かれた。

う……頭だけでなく、胃まで………。

私は呆然《ぼうぜん》と伸ばした手を戻し、深い溜め息を吐く。

「はぁぁぁ………」

「申し訳ございませぬ」

残られたベリグ殿が詫《わ》びを口にされた。

額を押し、老将に相談する。

「……如何《いかが》致しましょう？　実の所、陛下に『**張隻影《チョウセキエイ》は逃しても良いが、張《チョウ》家の娘は必ず捕えよ**』との密命を受けておりまして、殿下の独断専行を本営に報告するのは……」

「某《それがし》も案内役の件を聞かされたは、今朝方の話。軍師殿も御存知の通り、若は陛下の【皇英】たることを幼年より念願とされてきました。にも拘《かか》わらず、嘘《うそ》か誠か【天剣《てんけん》】を振るう者達が戦場に現れた。しかも、それは張泰嵐《チョウタイラン》の遺児達で、陛下の強い関心を買っている。若の心中、察するに余りあり。……老骨ながら、某が同行し御諫《おいさ》めを」

「……致し方ありませんね」

私が短く応じると、玄《ゲン》帝国最古参の老将は、踵《きびす》を返し大天幕を出て行かれた。

陛下への報告は事後となろう。諸将にも勘づかれないようにしなければ。

独り残った私は西域の地図を見つめる。

本来、難攻不落な鷹閣《ヨウカク》を抜けなければ、宇《ウ》家の本拠地である武徳《ブトク》には辿《たど》り着けず、張《ちょう》家軍《かぐん》周囲の峻険《しゅんけん》極まる『千崖谷』は人を阻《はば》んで久しい。

だが——千年前、煌《トウ》帝国不敗の『大将軍』皇英峰《コウエイホウ》は鷹閣を通らず、彼の地にあった【丁《テイ》】を僅か一日で陥落させた故事があるのも事実。

「無理は承知。だが、我が軍の【今皇英】ならばこの策は間違いなく……」

私は勝利を確信し、ほくそ笑む。

燭台の蝋燭に蛾《が》が吸い寄せられ、落ちていった。

第四章

「明鈴《メイリン》、何度言えば分かるのだっ。宇《ウ》家、そして――張《チョウ》家と関わるのはもう止めよ！【栄《エイ》】につくにせよ、【玄《ゲン》】につくにせよ、その両家との関係、我が王《オウ》の家に禍根を残すこと必定ではないか⁉　……もう、【張護国《チョウごこく》】様はおられないのだぞ？　南征だけでなく、『西域』攻めが始まった今、戦局の回天はないっ！」

栄《エイ》帝国首府『臨京《リンケイ》』。

王《オウ》家御屋敷《おやしき》の一室に旅先より戻られた、当主たる王仁《オウジン》様の怒声が響き渡りました。

常日頃は温厚な御方なのですが、座られたまま肩を怒らせ、黒髭《くろひげ》が揺れます。

皇妹、光美雨《コウミウ》を西域の『武徳《ブトク》』へと送り届けた件もあり……余程鬱憤を溜められていたようです。

目の前の明鈴《メイリン》御嬢様《おじょうさま》が、隻影《セキエイ》様がよくそうされるように軽く左手を振られました。

「御父様、そんなに叫ばないでください。静《シズカ》もいるんですよ？」

「**明鈴《メイリン》っ！**」

王仁《オウジン》様の眼《め》が吊《つ》り上がり、炎を散らします。

そこに見て取れたのは、『今日という今日は話をつける』という強い意志。

さしもの明鈴《メイリン》御嬢様も、居住まいを正されました。

「御懸念《ごけねん》は重々承知しています」

「ならば！」「しかしながら」

海千山千の旦那様に対し、私の主様とて一歩も退《ひ》かれません。

「御父様は大きな誤解をされています。宇《ウ》家――特に張《チョウ》家との関係をここで絶つのは、短期的に利を得られたとしても、長期的に見れば我が家へ破滅を齎すでしょう」

「……何だと？」

被《かぶ》られていた橙色《だいだいいろ》の帽子を明鈴《メイリン》御嬢様が直されました。

丸窓の外の空は、どんよりと曇っています。

「西域の宇《ウ》家は、一見すると両国にとって邪魔な存在です」

「……お前が逃した張《チョウ》家の方々もな」

旦那様の口調には叱責だけでなく、隠しきれない苦衷。

実利と感情とが異なることの証左なのかもしれません。

張泰嵐《チョウタイラン》様の処刑を見聞し、何かを想わぬ愛国者は存在しないでしょう。

室内を歩き始められた明鈴《メイリン》御嬢様が淡々と事実を告げられます。

「ですが――玄《ゲン》帝国皇帝アダイ・ダダは、【栄《エイ》】上層部と異なり、手強《てごわ》き敵への確かな敬意を持っています」

立ち止まり、私の主様は棚を両手で開かれました。

――取り出されたのは半年前、『臨京《リンケイ》』を脱出される際に隻影《セキエイ》様より渡された短剣。

持ち帰られた後、手入れをされる時以外では、眺めることしかされなかったのですが。

「御父様もお聞きになられていると思いますが、かの【白鬼《はっき》】は『敬陽《ケイヨウ》』を占領した後も、都市内には入らず郊外に本営を築き、そればかりが、【張《チョウ》護国】様への弔いの儀式を大々的に行われたとか」

この報を聴いた際、私は敵皇帝に強い畏怖を覚えました。

手強き敵に敬意を払う。言うは易《やす》し。行うは難し。

それを満天下に示してみせた、アダイ・ダダは紛れも無き英傑。

棚を閉め、明鈴《メイリン》御嬢様が振り向かれると、二つに結った栗《くり》茶髪、両袖が靡《なび》きました。

「そこで私達の話です。確かに！　戦局の回天は著しく困難なのでしょう。御父様が【玄《ゲン》】と接触をしたいことも理解出来ます」

「……今ならば、互いを牽制し合い動きの鈍い大商人達を出し抜ける。一番手は目立ち、戦後に恨みを買うかもしれぬが、二番手……いや、三番手ならば大きな利を得られよう。だが、両家との関係が知られれば」

「玄《ゲン》皇帝は当家を称揚します。間違いなく。必ず。逆に今捨てれば、禍《わざわい》は避けられません。アダイ・ダダはそういう人物です」

「…………」

旦那様に皆まで言わせない断言。

短剣を双丘に押し付け、明鈴《メイリン》御嬢様が不安そうな顔をされました。

「何より……【白鬼】は非常に怖い人物です。何の根拠もありませんが……老宰相閣下の暗殺、徐《ジョ》家の叛乱《はんらん》、大水塞への栄《エイ》軍集結すら、仕組まれている気がします」

百戦錬磨の王仁《オウジン》様が、商人というより武人のように立派な身体《からだ》を震わせ、めっきり白髪の増えた頭を乱雑に掻《か》き乱されました。

「馬鹿なっ。如何な才人とて、人心までも操っていると？　不可能だっ」

「はい。操っていると思います。半年前――張隻影《チョウセキエイ》様がこう仰《おっしゃ》っていました」

想《おも》い人の名を出される時、明鈴《メイリン》御嬢様の反応は概《おおむ》ね二通りに分類されます。

百の内九十九は純粋な好意。残る一は――アダイに対するものと同じ畏怖。

明鈴《メイリン》御嬢様が目を閉じられます。

「『アダイ・ダダの才は既に【王英】を凌《しの》いでいる』」

直後——室内が暗くなり、雷鳴が轟《とどろ》きました。

短刀を両手で握り締め、明鈴《メイリン》御嬢様がゆっくりと目を開けられます。

「そんな怪物相手に、下手な阿《おもね》り、追従は逆効果です。示すべきは私達、王《オウ》家の『信義』だと、私は確信しています」

「…………………」

旦那様は両の手で顔を覆われ、黙り込まれました。

雷鳴と雨音だけが、室内を支配します。廊下で待機する春燕《シュンエン》と空燕《クウエン》の緊張すら伝わってくる程です。

どれ程の間だったでしょうか。

「……分かった」

太い両の腕を組み、王仁《オウジン》様が明鈴《メイリン》御嬢様と目を合わせられました。

激しい火花を幻視します。

「明鈴《メイリン》、今日この時を以《もっ》てお前を勘当する。これより親子ではない」

重々しい宣告に私は凍り付きました。勘当とは……！

非礼を承知で口を挟みます。

「だ、旦那様、それは余りにも——」「静《シズカ》、大丈夫よ」

「で、ですがっ！　奥様にも」「いいの。……本当に大丈夫だから、ね？」

「…………」

明鈴《メイリン》御嬢様の口調はこのような事態だというのに酷《ひど》く楽し気です。

王仁《オウジン》様が席を立たれ、入り口へ。

「三日待つ。その間に荷物を纏《まと》め、屋敷を出よ」

「明朝、静《シズカ》と一緒に発《た》ちます」

最後の温情すらも、あっさり否定される御姿には一切の躊躇《ためら》いがありません。

私も一緒、と言って下さるのはとても嬉《うれ》しいのですが……。

会話はそこで途切れ、王仁《オウジン》様が入り口前まで進まれました。

「御父様」

明鈴《メイリン》御嬢様が帽子を外されました。

小さくなったように思える背に、深々と一礼。

「この歳《とし》まで育てていただいた御恩、終生忘れません。——御身体に気を付けて。お酒はお控えくださいね」

両肩が微《かす》かに震えました。

振り返られないまま、王仁《オウジン》様は最後に文句を零《こぼ》されます。

「……親不孝者めがっ。お前のような麒麟児《きりんじ》の父であること、決して楽なものではなかったのだぞ？　せめて、早く孫を見せてくれれば良かったものを……家を捨てる程の相手、決して逃すな。——達者で暮らせ」

「はい、そのつもりです♪」

対して、身体を起こされた明鈴《メイリン》御嬢様に一切の湿っぽさはなく。

むしろ……かつて、隻影《セキエイ》様と出会った時と同じような熱を帯びています。

旦那様が小さく嘆息され、肩越しに私と視線を合わされました。廊下の陰には、長い栗茶髪が美しい、笑顔の奥様の御姿もあります。

「………静《シズカ》、苦労をかける」

「万事、お任せくださいませ」

すると、王仁《オウジン》様は微かに相好を崩され、今度こそ部屋を出て行かれました。

明鈴《メイリン》御嬢様と姉妹にさえ見えてしまう程、若作りな奥様が私達へ口を動かされます。

『頑張ってね！』

……こうなることが事前に分かっておられた？

私は口元を押さえます。

「明鈴《メイリン》御嬢様、もしや、今のは」

「人払いしていても、噂《うわさ》って広まるの早いのよねー」

――やはり、今までのは王《オウ》家親子による仕組まれた劇。

玄《ゲン》による南征が再開され、都にも戦火が迫る中、明鈴《メイリン》御嬢様を尤《もっと》もらしい理由で外へ出す工作だった、と。

おそらく……王《オウ》家にも皇宮より間者が入り込んでいるのでしょう。

頭の良い方達は大変ですね。私は一介の従者で良かったです。

「春燕《シュンエン》、空燕《クウエン》、貴方《あなた》達はどうする？　隻影《セキエイ》様達の下へ行きたいなら手配するけど。西域攻めが開始されたみたいだから、少し後になっちゃうけど」

早くも、持ち出す物の選別を開始された明鈴《メイリン》御嬢様が、廊下の双子に話しかけられます。

「「お供しますっ！」」

顔を覗《のぞ》かせ、二人は即座の返答。

この果断さ、隻影《セキエイ》様と白玲御嬢様《ハクレイおじょうさま》が気に入られていたわけですね。

「荷物の準備を致します。その前にお茶が飲みたいですね。春燕《シュンエン》、空燕《クウエン》、頼んでも良いですか？」

「「はいっ！」」

双子の軽快な足音が遠ざかっていくのを確認し、私は口を開きました。

「明鈴《メイリン》御嬢様、春燕《シュンエン》達への確認から察するに……目的地は西域ではないのですか？」

「うん〜」

棚から巻物を背伸びして取り出され、葛藤を表に出されます。

「勿論《もちろん》──今すぐにでも飛んで行きたい気持ちもあるわ。白玲《ハクレイ》さんや瑠璃《ルリ》と話したいことはたくさんあるし、オトさんとも仲良くなりたいし、ねっ」

「……明鈴《メイリン》御嬢様」

思わず胸を打たれます。

私の主様はとても友誼《ゆうぎ》を大切にされる素晴らしい──巻物を机に放りだし、両頬に手をつけ、身体を左右に揺らされます。

「な・に・よ・りっ！　白玲《ハクレイ》さんの前で隻影《セキエイ》様に『実は勘当されてしまったんです。責任、取ってくださいますよね……？』って、言いたいしっ！　きゃ～‼」

……前言を撤回致します。

その後に起こるであろう、白玲《ハクレイ》御嬢様との激突すらも楽しんでおられる私の主様は、一度痛い目を見るべきだと思います。最大の恋敵になるやもしれない、あの仙娘《せんこ》様が目覚められたら、修羅場間違いなしでしょうし。懐《なつ》くとべったりな方だと私は確信しています。

先の話に想いを馳《は》せていると、明鈴《メイリン》御嬢様が何でもないかのように手を叩《たた》かれました。

――けれど、そこにあるのはほんの微かな怯《おび》え。

「あ、そうだったわ。御父様にはああ言ったけれど……静《シズカ》は」

「私の居場所は明鈴《メイリン》御嬢様のお傍《そば》でございますよ」

故国と一族――その悉《ことごと》くを喪《うしな》った私にとって、守るべき御方は決まっています。

少しだけ恥ずかしそうに、明鈴《メイリン》御嬢様がはにかまれました。

「……ありがと」

今の私には、この一言だけで十分過ぎます。

明鈴《メイリン》御嬢様は丁寧に短剣を布袋に仕舞い、両腰に手を置かれました。

「さ、気合を入れるわよ。行先は『南域』！　張《チョウ》家の女傑様と合流して、後背から隻影《セキエイ》様達をお助けするわ。大丈夫よ、あの方は絶対に負けないから。だって――」

アダイが【今王英《おうえい》】なら、隻影《セキエイ》様は天下無敵の【今皇英《こうえい》】だもの。

＊

「『鷹閣《ヨウカク》』より伝令！　『敵軍、既に我が城砦《じょうさい》へ迫りつつあり。至急増援を乞う』」

「『武徳《ブトク》』の予備部隊、行軍準備完了致しております。若様、如何様《いかよう》にも御下知を」

「住民達の一部が騒ぎ始めました。急ぎ対応が必要と思料致します」

「各地にも早馬を飛ばし、兵を掻き集めなくては」

「くそっ！　【玄《ゲン》】の馬人共めっ‼　何でこっちにまで軍を……」

次々と伝令が駆けこんで来ては激変した情勢を報《しら》せ、文官達は頭を抱える。

本営に早変わりした宇博文《ウハクブン》の政務室は、贔屓目《ひいきめ》に見ても恐慌《きょうこう》一歩手前の状態に陥りつつあった。

「……隻影《セキエイ》」「ああ」

軍装の白玲《ハクレイ》が俺へ進むよう促してきたので、部屋の奥へ。

昨夜、最前線から届いたのは凶報だった。

『**【玄《ゲン》】【西冬《セイトウ》】連合軍、『鷹閣《ヨウカク》』に来襲せり**』

……まさか、瑠璃《ルリ》の見立てが外れるとはなぁ。

右隣の軍師様を見やると、小さな肩を竦《すく》め、硬い顔のオトへ「大丈夫よ」と囁《ささや》いた。

理外のことは分からない、か。

机の前に辿《たど》り着き、一通りの指示を出し終えた宇博文《ウハクブン》へ話しかける。

「忙しそうだな」

「……貴様と軽口を叩いている寸暇もないっ」

額に汗を滲《にじ》ませ、宇《ウ》家の長子が手で合図を出した。

他の者達を一斉に退室させるや、博文《ハクブン》は机上に絵図を広げる。

「『鷹閣《ヨウカク》』を守る将、姜俊兼《キョウシュンケン》の見立てでは敵軍は約十万。八十近い老齢だが、曽祖父、祖父、父の宇《ウ》家三代に付き従った歴戦だ。大きな間違いはないだろう。軍旗からして——敵総大将はダダ一族だと思われる」

「ダダ……まさか【白鬼《はっき》】本人が率いているのか？」

俺の問いかけで、室内に冷え冷えとした空気が流れた。

あの怪物が主力軍を率いて押し寄せて来ているのなら……。

「違うわね」

瑠璃《ルリ》が凛《りん》と断言し、地図へ視線を落とす。

——極限まで削《そ》ぎ落とされた怜悧《れいり》さ。

「皇帝本人が来ているにしては兵数が少ないわ。先陣も【黒刃《こくじん》】じゃないなら、敵将は別人と考えるのが妥当よ」

幼き頃、故郷を焼き払い、両親と一族を殺し、自分を拉致した張本人でもある玄《ゲン》最強の将は瑠璃《ルリ》にとって仇敵《きゅうてき》。

にも拘《かか》わらず……うちの軍師は激情を表に出さない。

指揮する側の揺らぎは、兵達へ容易に伝播《でんぱ》していく。

そのことを若年で理解している瑠璃《ルリ》は、今や俺達に欠かせない存在だ。

俺は僅かに表情を緩める。

「助かった！　……と言いたいんだが」「戦力差を考えると、楽観は出来ません」

白玲《ハクレイ》が細い指で、絵図上の鷹閣《ヨウカク》を叩いた。

その北部には登る為《ため》のとっかかりすらない断崖——通称『千崖谷《せんがいだに》』。

南西の武徳《ブトク》へと続く唯一の街道は、高所を利用し築かれた城砦《じょうさい》によって阻《はば》まれている。

「敵軍十万に対し、味方は約二万。『鷹閣《ヨウカク》』は狭隘《きょうあい》の地ですから、重装歩兵や騎兵を大規模に運用するのは不可能だと思いますが……防衛態勢はどうなっていますか？」

「瑠璃《ルリ》様の御指示により、まとまった数の『火槍《かそう》』、取り回しが利《き》く改良型小型投石器を運び込まれています。元からある大型の弩《いしゆみ》も合わせれば、相当に戦えるかと」

問いかけに対し、オトが胸の軽鎧《けいがい》を叩き、自信を示す。

この数ヶ月、瑠璃《ルリ》の使者として幾度も現地へ直接出向き、守将と防衛態勢について協議を重ねてきただけのことはある。

ま、今のは博文《ハクブン》を落ち着かせる為の小芝居でもあったんだが。

金髪の仙娘が青の帽子を直す。

「今回は防衛戦だしね。勝てなくとも、負けないことは可能よ」

「だから、もう少し泰然としてろよ、宇博文《ウハクブン》。婆《ばあ》さんはまだ起き上がれないのか？」

本来この場にいるべき宇香風《ウコウフウ》の姿はない。ここ数日はオトですら会えていなかった。

博文《ハクブン》が深く息を吐き、苦悩を滲ませる。

「……体調が優れない。勅使への対応に加え、西域諸部族の長達《おさ》と連日会談を重ねられた無理が祟《たた》ったようだ。意識ははっきりされているが、陣頭指揮は不可能だ」

「「………」」

白玲《ハクレイ》、瑠璃《ルリ》、オトが黙り込む。

敵の大兵が侵攻してきたにも拘わらず、宇《ウ》家当主代行が表に出て来られない。

今はまだいいが、戦いが激しくなれば影響は大きい。

椅子に立てかけてあった剣を宇博文《ウハクブン》が手にする。

「『鷹閣《ヨウカク》』には私が行く。このような身でも、多少なりとも士気は上がろう。張《チョウ》家の方々にも御同行願いたい。無論、皇妹殿下には『武徳《ブトク》』へ留《とど》まっていただく」

「分かりました」

白玲《ハクレイ》が即答し、瑠璃《ルリ》も頷《うなず》いて同意。

前線には庭破《テイハ》と張家軍《ちょうかぐん》もいるし、断る理由はない。

「で……オトはどうするつもり？」

金髪を指で弄《いじ》り、瑠璃《ルリ》が黒茶髪の少女を見やった。

宇博文《ウハクブン》が異母妹の鋭い視線を受け止め、言い切る。

「先日言った通りだ。置いていく。宇《ウ》家の血を残せるのは我等のみ。兄妹《きょうだい》揃《そろ》って戦場へ出て死なば、我が家の命運は尽きる」

「**兄上っ！！！！**」

オトが机に両手を叩きつけた。

今にも摑《つか》みかからんとする勢いで激高する。

「納得がいきませんっ！　前線には一人でも多く戦える者が必要ですっ‼」

反応を予期していたのだろう。

宇《ウ》家の長子が冷たくあしらう。

「……決定事項だ、御祖母様《おばあさま》も納得されている」

「従えません！　兄上は……そこまでして、私へ嫌がらせをっ」

一朝一夕での和解は無理だな。

俺は左手で黒茶髪の少女を制した。

「オト、少し静かにしろ。兄妹喧嘩《げんか》は後に取っとけ」

「っ。……はい。申し訳ありませんでした」

悔しさで瞳に涙を溜《た》めた少女が、素直に引き下がる。

……妹が大切なら、そう言えばいいものを。

俺は博文《ハクブン》に呆《あき》れながらも、懸念《けねん》事項を伝える。

「白玲《ハクレイ》、瑠璃《ルリ》、前に話した想定だ。奴等《やつら》が『千崖谷』を越えて」

描かれているのは槍《やり》の穂先が列《つら》なったかのような崖。

その終わりは、俺達が今いる地の丁度北方だ。

「『武徳《ブトク》』を奇襲する可能性は本当にないか？」

内心で言葉を呟《つぶや》く。

——千年前の俺、煌《トウ》帝国大将軍【皇英】が、大丞相《じょうしょう》【王英】の策により少数の騎兵でやってのけ、【双英】最後の大勝利を挙げたように。

あの時の獣道は勿論《もちろん》ないだろうが、他の路《みち》が仮にあり、果断な将がいるならば。

黙考する白玲《ハクレイ》達よりも先に、宇《ウ》博文《ハクブン》が指で机を叩き苛立《いらだ》たしそうに反論してきた。

「……そのようなことはないっ。彼《か》の地は、土地の猟師ですら滅多に立ち入らぬ場所だ。獣道を知る者も数える程しかいないと聞く。【皇英】の如《ごと》き神将が、そうそう世に現れてたまるものかっ」

神将とは話を盛られているな、前世の俺よ。

——が、今それはいい。

「おい、博文《ハクブン》、今の言葉は本当か？」

「？　……何がだ？」

宇《ウ》家の長子が戸惑う。

翠眼《すいがん》と蒼眼《そうがん》を煌《きら》めかせ、瑠璃《ルリ》と白玲《ハクレイ》が補足。

「『数える程しかいない』――つまり」「道案内を出来る人物がいると？」

「そ、それは……だ、だが、大兵の通れるような場所ではない」

「『路』があるのなら奴等は来る。前に白玲《ハクレイ》が言ったよな？　人跡未踏の七曲山脈《ななまがりさんみゃく》を踏破して見せた連中なんだぞ？」

「…………」

蒼白《あおじろ》い博文《ハクブン》の顔が、更に蒼くなっていく。

戦場においては寡兵による思いがけない『衝撃』が、時に絶大な効果を発揮する場合がある。そのことを博文《ハクブン》は知識として持っていても、理解仕切れていなかったか。

俺は結論を下す。

「奴等は搦《から》め手も好んで使う。全兵力を『鷹閣《ヨウカク》』へ回すのは危険だ」

「では……どうするというのだっ！　我等に兵を割く余裕などないっ‼」

博文《ハクブン》が歯を食い縛り、荒々しく手で机の上を払いのけた。

床に転がった絵図を拾いあげ、何でもない口調で頼む。

「白玲《ハクレイ》、瑠璃《ルリ》。お前達は博文《ハクブン》と一緒に『鷹閣《ヨウカク》』へ先行してくれ」

「！　隻影《セキエイ》⁉」「……仕方ないわね」

自分は残るものと確信していた銀髪の少女が驚愕《きょうがく》。俺の意図を察し金髪の少女は不承不承ながらも首肯した。

絵図を机に戻す。

「俺はオトと本営で奴等の動きを見張る。杞憂《きゆう》ならば良し。すぐにそっちへ駆けつければいい。『武徳《ブトク》』から『鷹閣《ヨウカク》』までは、馬に無理をさせて約五日だからな。問題は、予測が当たっていた場合だ。奴等が来るのは――」

「【双英】の故事通りなら」

オトが武徳《ブトク》北方を指差す。


かつて、天より星が落ちたという地――『落星原《らくせいげん》』。

千年前の俺は、この地を突破し敵国【丁《テイ》】を陥落せしめた。

崖を降りた後は、平原を流れる急流を除けば幾つか丘があるだけで極めて守り難《にく》い。

眉間に皺《しわ》を寄せた男へ問う。

「博文《ハクブン》、近くに寡兵で敵を食い止められる場所はあるか？」

「……何故《なぜ》、私に訊《たず》ねるっ。剣も弓も扱えず、情勢判断の力にも乏しい私なぞにっ！」

宇《ウ》家次期当主が不快そうに唸《うな》る。

対して俺は、大袈裟《おおげさ》に両手を広げた。

「そんなの——お前が一番、ここら辺の地勢に詳しいからに決まってるだろうが？　武器は振るえなくとも、馬は達者みたいだな？　白玲《ハクレイ》達と遠駆けする度、住民の連中から聞いたぞ。『よく話を聞いてくださる優しい若様』の話をな」

「…………」「……兄上が？」

兄の意外な一面を知らされ、オトが当惑する。

涼し気な風が入り込み、俺達の間を通り抜けた。

「『落星原』から『武徳《ブトク》』までは、騎兵ならば指呼の間。丘とて障害にはなるまい。多少なりとも食い止められるとすれば……」

静かな、けれど確信を持っている者のみが出す声色と共に、宇博文《ウハクブン》は『落星原』を流れる川を指差した。

顎に手をやり、俺はここ数ヶ月で読んだ西域の史書を思い出す。

「『十騎橋《じゅっききょう》』……確か、宇《ウ》家の家祖がこの地を鎮《しず》めた古戦場だったたな？」

「下の川は今の時期、多少涸《か》れてはいるものの、それでも橋近辺を除けば相当に深い。時間は稼げよう」

踏破可能、といっても『千崖谷《せんがいだに》』は極めて峻険《しゅんけん》で人を阻《はば》む。やって来るだろう敵は大軍にはなり得ない。

ならば——俺は博文《ハクブン》へ不敵に笑う。

「何だ、案外と将才もあるんだな。ただ、さっきも言ったが、人前ではもっと余裕を見せなきゃ駄目だぜ？　兵達はとにかくお前を、宇《ウ》家を率いる『次期当主』を見ている」

「……貴様に言われずともっ。オト」

突然、名前を呼ばれた黒茶髪の少女が怪訝《けげん》そうに兄と視線を合わせた。

剣を腰に提げ博文《ハクブン》が入り口へと向かう。

「万が一……億が一、敵軍が『落星原』に現れた場合、張隻影《チョウセキエイ》殿の下知に従え。私が死んだら、お前が次の宇《ウ》家当主だ」

「！——はい。兄上、御武運を」

「……ふんっ」

鼻を鳴らし、不器用な男は部屋を出た。

——あいつ、やっぱり良い男だな。

自らの才が足りないことを自覚しつつも決して諦めず、為《な》すべきことを為さんとする。

死なせたくはない。

「瑠璃《ルリ》」

「『鷹閣《ヨウカク》』周辺の地勢調査は終わっているわ。明鈴《メイリン》が送ってきた例の『羅針盤』の調子も上々だし、やってやれないことはないと思う。……杞憂に終わってほしいけどね」

窓から入って来た黒猫のユイを抱き上げながら、少女は察し良く返答してくれた。

——敵軍は強大。

だが、この少女は敬陽《ケイヨウ》でも見事に防衛を成功させた。精鋭揃《ぞろ》いの張家軍もいる。何とかしてくれるだろう。

「そっちは任せた、軍師殿」

「任されたわ、張隻影《チョウセキエイ》将軍」

お互いの拳をぶつけ合う。

思えば遠くに来たが、俺から瑠璃《ルリ》への信頼は変わらない。

「オト、行くわよ」「は、はいっ！」

瑠璃《ルリ》は黒茶髪の少女を連れ部屋を出て行った。

——残ったのは、俺と黙ったままの銀髪蒼眼の少女だけ。

「あ～……白玲《ハクレイ》」「分かっています」

近づくと、胸に衝撃。

白玲《ハクレイ》が拳を叩《たた》きつけてきたのだ。

「……分かっています。瑠璃《ルリ》さんは策を練る軍師であり、庭破《テイハ》は前線指揮官。私か貴方《あなた》がいなければ『張家軍《ちょうかぐん》』は旗頭不在になってしまいます。幾ら古参の最精鋭揃いであっても、士気は上がりません。……分かって、いるんです……だけど。だけどっ！」

瞳から大粒の涙が零《こぼ》れ落ち、胸に顔が押し付けられる。

身体《からだ》の震えがはっきりと伝わってきた。

「……貴方と離れるのが怖いんです。貴方までいなくなったら、私は……私は………」

親父《おやじ》殿を喪《うしな》った傷が恐ろしく深いのを再確認させられる。

……俺が死んだら、下手すると白玲《ハクレイ》は。

少女に普段と変わらぬ口調で話しかける。

「白玲《ハクレイ》、頼みがある」

「………」

黙ったまま顔を上げるも、目は真っ赤だ。

俺は指で流れる涙を拭い、乞う。

「【白星《はくせい》】を今回だけでいい、俺に貸してくれ」

突風が部屋の中に吹き荒れ、銀髪を乱した。

一筋の涙が頬を伝う。

「……どうして、ですか……？」

絶望、という単語を表すならば、こんな顔のことを指すのかもな。

俺は強く幼馴染《おさななじみ》であり、命の恩人でもある少女を抱きしめる。

目を閉じ、照れくさいが素直に告白。

「離れるのが怖いのは、さ……お前だけじゃないんだ。でも、【白星】を貸してくれれば、多少は頑張れそうなんだ。頼む」

「………………」

少女は俺の背中に手を回し、強く抱きしめ返してきた。

ぎこちないながらも笑顔を作り、頭を撫《な》でられる。

「――……仕方ないですね。弱虫な隻影《セキエイ》に今回だけは貸してあげます。絶対に返してくださいね？　返さなかったら、怒ります」

「返すさ。弱虫雪姫《ユキヒメ》が大泣きしちまうからな」

昔もこんな風に抱きしめられて、頭を撫でられたな。

霞《かすみ》がかった記憶が呼び起こされる感覚。

——血に濡《ぬ》れた雪原と両手の短剣。倒れている人々と俺を囲む兵達。


「そんな子、知りません。はい、隻影《セキエイ》」

俺から離れた白玲《ハクレイ》が腰の【白星】を差し出すと、記憶が霧散。

……ここ最近、見るこいつはいったい何なんだ？

戸惑いを表に出さず剣を受け取り、俺は自分の短剣を手渡した。

白玲《ハクレイ》が涙で瞳を濡らしながらも微笑《ほほえ》み、頷《うなず》く。

「……気を付けて！」

「——応。お前もな」

銀髪を靡《なび》かせ、少女は部屋を出ていく。

……死ないよなぁ、あんな顔を見たら。

俺は【白星】を手に、名を呼んだ。

「オト」

ひょこん、と黒茶髪の少女が庭の窓から顔だけを出す。

頬を染め、わたわた。しどろもどろに弁明する。

「も、申し訳ありませんっ。覗《のぞ》くつもりはなく……。た、ただ、瑠璃《ルリ》様が心配だから様子を見に行け、と……あの、その………」

……過保護な軍師様だ。有難《ありがた》くもあるんだが。

【白星】を腰に提げ、俺は片目を瞑《つぶ》った。

「付き合ってくれ。婆《ばあ》さんに折り入って頼みたいことがある。幾らお前が率いる精鋭でも、兵数が足りそうにないからな。今朝南域から届いた明鈴《メイリン》の手紙で面白いことも分かったし、使えるもんは全部使おう」

＊

鷹閣《ヨウカク》へと到《いた》る眼下の狭い街道を、長槍《やり》と金属製の大楯《たて》で前方と頭上を守り、鈍色《にびいろ》に光る鎧兜《よろいかぶと》を身に着けた敵軍がゆっくりと前進してくる。

防衛戦が始まって早十日。装備と軍旗からして——今日の先陣も西冬軍《セイトウ》だ。

後方に並べられた木楯の陰では、玄《ゲン》軍の弓兵も布陣している。

天然の崖を利用して築かれた最前線の第一城楼で、敵軍を観察中の私へ、傷だらけの鎧兜を身に着けた庭破《ティハ》が報告する。

「白玲《ハクレイ》様、敵軍の前列が射程に入りました。何時《いつ》でも撃てます」

「まだです。瑠璃《ルリ》さんの指示を待って」

「はっ」

この青年武将も今や歴戦。

隻影《セキエイ》や、城楼の一番上で敵軍を観察中の瑠璃《ルリ》さんがいれば、今のようなやり取りを兵達の前で演じる必要もないのだけれど……指揮官としてはまだまだ未熟な私へ配慮してくれたのだ。

目で庭破《ティハ》へ礼を伝え、眼下へ視線を戻す。

連日、動きの鈍い攻城兵器を持ち出してきていたのに……戦術を変更してきた？

それでも、私達は高所の利を取り、張家軍約千も全員配置済み。

弓や火槍《かそう》、宇《ウ》家軍から譲りうけた弩《いしゆみ》で撃ちおろせば、相当な打撃を——

「…………」

隻影《セキエイ》の短剣を強く握り締める。

……駄目よ、白玲《ハクレイ》。落ち着きなさい。私達が先走れば敵は退《ひ》いてしまうわ。

『引き付けて、引き付けて、叩く！　叩き続けるっ‼　そうすれば負けないわ。少なくともここではね』

今朝方行われた軍議の場で、瑠璃《ルリ》さんは自信満々にそう言われていた。

とても頼りになる私達の軍師様は、連日の勝利と、事前にオトさん達が噂《うわさ》を広めていたこともあって、宇《ウ》家軍の方々からも篤《あつ》く信任されている。

それを私の判断で喪わせるわけにはいかないし、隻影《セキエイ》にも叱られてしまう。あの人は誰よりも、瑠璃《ルリ》さんの才を買っている。

そうこうしている内に、金属特有の耳障《みみざわ》りな音を立てながら敵軍は第一城楼下を通り過ぎ、街道を挟んでやや後方にある第二城楼すらも越え、『鷹閣《ヨウカク》』主城楼の固く閉ざされた門へと一歩一歩迫っていく。

最前列は、敷き詰められた鋭い棘《とげ》付きの樹木――逆茂木《さかもぎ》と先を尖《とが》らせた杭《くい》に辿《たど》り着き、いよいよその排除を開始しようとした。

――正にその時！

第一城楼に幾本もの『張《チョウ》』の軍旗が高々と掲げられた。

私は隻影《セキエイ》の短剣を抜き放ち、凛《りん》と命令を発する。

「撃てっ！！！！」


第一、第二、主城楼が一斉に射撃を開始した。

天が割れたかのような火槍の轟音《ごうおん》と白煙。

弩から放たれた尾羽の無い矢が金属製の大楯に深々と突き刺さり、間延びした音と共に、鷹閣《ヨウカク》内の投石器から放たれた岩が敵軍の隊列を吹き飛ばす。

『！？！！！』

先程まで鈍く光る一個の塊だった西冬《セイトウ》軍の陣形が崩れていく。

中央で騎馬を駆る敵将は、必死に統率を取り戻そうとしているものの、轟音によって馬が混乱し、ままならないようだ。好機！

短剣を持ったまま、愛弓に矢をつがえる。

……私の技量からすると遠い。

当たるか当たらないかは半々だけれど。

『とにかく信じて撃て。コツは身体の力を抜くことな』

戦場に相応《ふさわ》しくない気の抜けた、けれど落ち着く隻影《セキエイ》の声が耳の奥に響いた。

……まったく！　いない時ですら、貴方は。

自然と微笑んでしまい――射る。

『～～～～っ！』『**オオオオオ！！！！！**』

直後、大楯から顔を出した敵将の額に私の矢が突き刺さり、馬から転げ落ちた。

敵の軍旗や槍が震え、味方将兵が歓声を上げ、「白玲《ハクレイ》御嬢様《おじょうさま》……！」傍《そば》で軍装の女官達を率いる朝霞《アサカ》も賛嘆を零す。

後陣の敵弓兵達が慌てた様子で射撃を開始したが、後退を援護する類のものだ。

軽やかな駆ける音が聴こえ、

「白玲《ハクレイ》！　射線を――きゃっ」「危ないっ！」

遠眼鏡を手に持つ瑠璃《ルリ》さんが飛ぶように階段を駆け降り、転びそうになったので慌てて受け止める。

拍子で瑠璃《ルリ》さんの金髪と、私の銀髪が光を反射した。

「大丈夫ですか？」「あ、ありがと。……さっきはよく辛抱してくれたわ」

腕の中の親友は少し恥ずかしそうにしながらも、私を褒めてくれる。とても誇らしい。

「**白玲《ハクレイ》様と軍師様を御守りせよっ！**」「**楯を十重二十重《とえはたえ》にっ！**」

火槍の轟音に負けない庭破《テイハ》と朝霞《アサカ》の号令。

兵達が大楯で私と軍師様を取り囲む。

隻影《セキエイ》に『あいつ等は目立つからな。守ってやってくれ』と厳に含められているらしい。

……過保護な人なのだ。

私から離れると、手で埃《ほこり》を払った瑠璃《ルリ》さんが静かに命令。

「少しずつ射線を伸ばし、射程外になるまで射撃は継続よ。取り残された連中は——あっちに任せるわ」

指の先には、総指揮官にも拘《かか》わらず第二城楼で指示を出している、不格好な軍装姿の宇《ウ》博文《ハクブン》様が咆哮《ほうこう》。

「撃てっ！　撃ち続けよっ‼」

後退は不可能と判断し、鷹閣《ヨウカク》主城楼の門へと突撃を敢行している数十名の西冬《セイトウ》兵を食い止めようとされている。

その勢いは凄《すさ》まじく、遮二無二に逆茂木と杭を突破。

遂《つい》に城門下にまで到達し、

「今ぞぉっ！　岩を落とせっ！！！！！」

老将が戦場全体に届く程の命を発するや、敵兵の頭上が開き、幾つもの岩が落とされた。

絶叫と苦鳴が木霊《こだま》し――やがて止《や》む。

敗走した兵が敵陣内に収容されるのを瑠璃《ルリ》さんと観察していると、自然と味方将兵から勝鬨《かちどき》が上がった
『オオオオオオオオオオオオオオオ！！！！！』

張家軍《ちょうかぐん》の兵達も互いに拳をぶつけ、手を合わす。

――隻影《セキエイ》はいないけど、今日も勝てた。

内心ホッとしながらも、私はすぐに指示を出す。あの人ならばきっとそうする。

「庭破《ティハ》、負傷した者がいればすぐに手当を。矢、火薬の補充も忘れないように。朝霞《アサカ》達は温かい食事の準備をお願い。私と瑠璃《ルリ》さんは本営に行ってきます」

青年武将と女官は少しだけ驚いた後、満面の笑みで返してきた。

「はっ！　万事お任せくださいっ‼」「白玲《ハクレイ》御嬢様、瑠璃《ルリ》御嬢様、お気をつけて」

第一城楼と第二城楼は、地下の秘密通路によって鷹閣《ヨウカク》主城楼と繋《つな》がっている。

本営正門は分厚い木材で鋼鉄を挟み込み、城壁は四重。西域の煉瓦《れんが》は中原産のそれよりも強靭《きょうじん》として知られているから、突破は容易ではない。

自前の井戸を複数持ち、水の手を断たれる心配はなく、膨大な食糧や薬、装備品も備蓄済み。優に数年間は籠城《ろうじょう》可能と聞いた。

宇《ウ》家が百年以上に亘《わた》り、永々《えいえい》と強化し続けたこの要塞は『難攻不落』の名に恥じない。

先程の戦いで猛威を奮った小型投石器の間を通り抜け、瑠璃《ルリ》さんと他愛ない話をしながら階段を上っていく。

……こんなに視線を感じるのは、私の銀髪蒼眼《そうがん》のせいかしら？

やや不思議に思いながらも登り切り、城壁を伝って中央の本営へ。

入り口で鈴を鳴らし中に入ると、そこには汚れた軍装の宇博文《ウハクブン》と、好々爺《こうこうや》といった印象の老人——宇《ウ》家軍最古参にして『鷹閣《ヨウカク》』の守将、姜俊兼《キョウシュンケン》が机の絵図を覗き込んでいた。

私達に気が付くや、布製だという軽鎧《けいがい》を身に着けた老将が恐縮した様子を見せる。

「やや、これは張《チョウ》家の……」

「姜《キョウ》将軍、戦場です。御気遣いには感謝を」

白髪白髭《しらひげ》の老将……礼厳《ライゲン》を思い出してしまう。

私がしんみりしていると、瑠璃《ルリ》さんは遠慮なく椅子へ座り博文《ハクブン》さんへ報告した。

「こっちの損害は無しよ」

「こちらも負傷者のみだ。敵兵も見かけより倒せてはいないが……」

「火槍と投石器の価値は『衝撃』だもの。仕方ないわ。弩の威力は大したものだけど、尾羽を使わないせいか射程は短いし、速射も利《き》かない。今は此方《こちら》に数倍する敵軍を、城に取りつかせていない事実が大事なのよ。街道が狭隘《きょうあい》で助かったわね」

敵軍は地形に阻《はば》まれて、敬陽《ケイヨウ》で投入してきた攻城用投石器を投入出来ず。

私達は高所を取り、三方向からの射撃を敵軍に集中出来る。

……相対的には優勢ね。

姜《キョウ》将軍が紙を机に広げた。

「捕虜とした敵兵から、敵将の名が幾人か判明致しました。こちらをば」

私達はすぐさま名前を確認する。

──『千算《せんさん》』ハショ。【今皇英《こうえい》】オリド・ダダ。『老副将』ベリグ。

身体《からだ》が強張《こわば》るのを覚え、私は短剣に触れた。

博文《ハクブン》さんの顔が蒼褪《あおざ》め、瑠璃《るり》さんですら額に手を置く。

「……【西冬《セイトウ》】を任されているという軍師に、伝説の勇将を標榜《ひょうぼう》する【玄《ゲン》】の皇族。ダダ一族を補佐してきた歴戦の老将。錚々《そうそう》たる、というやつかしらね」

燭台《しょくだい》の蝋燭《ろうそく》が恐れ戦《おのの》くかのように揺れた。

この三人は前線に姿を現していない。本格的な攻勢はここから。

姜《キョウ》将軍が意見を口にする。

「連日の勝ち戦にて、味方の士気は天をも突かんばかり。一部将兵からは逆襲を求める声も上がってきておりますが……」

「無理です」「無理ね」

私と瑠璃《ルリ》さんは即断し、頭を振った。

地形に助けられていても敵兵力は味方の約五倍。真正面からは戦えない。

すると、姜《キョウ》将軍は長い白髭を皺《しわ》くちゃの手でしごかれた。

「で、ありましょうな。あくまでもこの勝利は、防御に徹したからこそ得られたもの。高所の利を捨て野戦を挑めば……敗北は必定。彼奴等《きゃつら》、負傷兵だけでなく、遺体すらも出来る限り馬で回収する程の練度を持っております。聞きしに勝る、とは正にこのこと」

「同意します」「まともに戦うのは自殺行為よ」

この歴戦の老将は一切油断していない。隻影《セキエイ》がいたら、きっととても気に入る。

聞き手に回っていた博文《ハクブン》さんが、問われた。

「俊兼爺《シュンケンじい》、先に話した件だが」

「例の猟師の件ですな？　兵を派遣して聞き込みを行わせたところ、一人を除き、全員の所在が判明致しております。【皇英】の故事は、この老人も知っておりますが……こればかりは張《チョウ》家の方々の取り越し苦労かと。案内なくば、進軍などとてもとても」

「……その一人は？」

宇《ウ》家次期当主の顔には微《かす》かな懸念《けねん》と恐れ。

何？　この胸騒ぎは。

「侵攻前に山へ入ったらしく、まだ戻っておらぬようです。元々はこの土地の者ではなく、北方からやって来た男とのことでしたが」

老将の答えを受けても収まらない。瑠璃《ルリ》さんも青い帽子を外し、考え込まれている。

……敵軍に動きはないのだけれど。

そんな私達に対し、博文《ハクブン》さんは迷いを振り払われた。

「手間を取らせたな」

「何の何の。坊ちゃまとオト御嬢様の為《ため》ならば、この爺！　粉骨砕身致しますぞっ‼　では、兵達を見て回って参りまする。御免」

老いてなお盛んな老将は、私達にも丁寧な礼をして部屋を出た。

――沈黙が生まれ、私達は絵図へ視線を落とす。

連日の戦いで疲労が蓄積されたのか、博文《ハクブン》さんが椅子に深く腰かけた。

手で目元を覆い、私達に零《こぼ》す。

「……御二方はどう思われる？　張隻影《チョウセキエイ》殿の考え過ぎか？」

私がいるからだろう、隻影《セキエイ》に対して敬称をつけてくれる。

妹のオトさんにもこれくらいの配慮を示せば、拗《こじ》れることはなかったんじゃ……。

短剣の鞘《さや》に指を滑らせ、私は返答した。

「確証は。ただ、『蘭陽《ランヨウ》』や『敬陽《ケイヨウ》』の時よりも、敵軍の戦意が乏しいように思えます」

「何で軍を割ってこっちへ攻めて来ているのかは、さっぱりだけど……西域攻めは【玄《ゲン》】にとって助攻よ。『臨京《リンケイ》』攻めの軍に加われなかった兵達の戦意が乏しいのは、想像がつくわ。だからこそ、敵将は兵の損耗を出来る限り抑えようとしている。消極的な攻撃はその表れね。……別戦線での変化を待っているのかもしれないけど」

瑠璃《ルリ》さんが手を合わせ、最後は独白のようになる。

別戦線での変化。普通に考えれば臨京《リンケイ》方面。だけど……。

浮かない表情の私達に対し、博文《ハクブン》さんは懐疑的なようだ。

「敵陣に異変らしい異変はない。俊兼《シュンケン》からもつい先程報告を受けたが、負傷した敵兵が早くも後送されている程度だ。妹を前線に呼び寄せるのは許可出来んが、張隻影《チョウセキエイ》殿とオト配下の部隊が来てくれれば、士気も上がろう」

「？　負傷した兵を」「後送しているですって？」

連日激しく戦っていても、敵の投入兵力はここまで限定的。

しかもその大半は重防御な西冬《セイトウ》兵ばかりだった。

大人数の負傷兵は出てない――……私は、軍師様と顔を見合わせる。

「瑠璃《ルリ》さん、もしかして！」

「……警戒していたのに、まんまとしてやられたわっ。あいつとも話していたのにっっ。

急がないと、取り返しのつかないことになるっ！」

青の帽子を握り締め、瑠璃《ルリ》さんが綺麗《きれい》な金髪を掻《か》き乱した。

私は短剣を胸に押し付ける。……隻影《セキエイ》っ。

突然取り乱した私達を博文《ハクブン》さんが訝《いぶか》し気に眺める。

「そのように血相を変えて、いきなりどうしたというのだ？　我等はこの戦場で勝っている。何も問題は」

「い、一大事……一大事ですぞっ！！！！」

乱暴に入り口が開け放たれ、姜《キョウ》将軍が駆けこんで来た。

苦しそうに呼吸を繰り返し、汗を拭い私達に向き直る。

「はぁ、はぁ、はぁ………さ、先程『武徳《ブトク》』より急使が着き──」

止めてっ！　嘘《うそ》だと言ってっ‼

心中で私が幾ら悲鳴をあげても、過酷な現実は変わらない。

歴戦の老将が悲鳴に近い口調で凶報を告げられた。

「敵騎兵が『武徳《ブトク》』北方に──『落星原《らくせいげん》』に突如現れたとのこと！」


「なぁっ！」

博文《ハクブン》さんが立ち上がり、拍子で椅子が転がった。

恐怖で目を見開き叫ばれる。

「ば、馬鹿な……ありえぬっ。北の馬人共は妖《あやかし》の業でも使うというのか⁉」

「妖の業じゃないわ。後送された兵の一部が奇襲部隊だったというだけよ。【皇英】の故事を知っていたのは私達だけじゃなかったみたいね。噂《うわさ》の【今皇英】の策かしら？」

「な、んだと……そ、それでは、『武徳《ブトク》』がっ！　皆がっ！　御祖母様《おばあさま》とオトがっ‼」

瑠璃《ルリ》さんの言葉に、博文《ハクブン》さんは更に取り乱す。

私は短剣を胸に押し当て、辛《かろ》うじて冷静さを保つ。

「姜《キョウ》将軍、急使の方は何と？」

「『武徳《ブトク》』にて待機されておられた張隻影《チョウセキエイ》様とオト様は一軍を率い、迎撃を試みられるとの由《よし》。布陣場所は」

「『十騎橋《じゅっききょう》』ですね？」

「はい」

全部全部っ！　あいつの懸念していた通りっ‼

……………バカ。隻影《セキエイ》のバカ。大バカっ。

死んだら許さない。絶対に許さないっ。

「博文《ハクブン》さん、此方はお任せします」

荒れ狂う心の内は見せず、私は『張白玲《チョウハクレイ》』として宇博文《ウハクブン》と向き合う。

大丈夫、隻影《セキエイ》は私が行くまで負けない。絶対に負けない。

「それは無論……。だが、どうされるおつもりか？　我等も軍の一部を返し――」

「こんなこともあろうかと、よ。策はあるわ。歴戦の張家軍《ちょうかぐん》なら可能なね。『武徳《ブトク》』経由で『十騎橋』に行くようだと間に合わなくなる可能性もあるし」

瑠璃《ルリ》さんが軽い口調で言葉を遮った。一見何時《いつ》も通り。

でも――金髪翠眼《すいがん》の仙娘《せんこ》さんの手は握り締められ雪のように白い。

「「………」」

博文《ハクブン》さんと姜《キョウ》将軍は難しい顔で思案に沈む。軍を返すか、返さないか。

――決断を下すのは決して遅くなかった。

「貴殿等に託す。我等も一部を急ぎ『武徳《ブトク》』へと退《ひ》かせよう……武運を祈る」

「必要な物あらば、何なりと仰《おっしゃ》ってくださりませ」

私と瑠璃《ルリ》さんは頷《うなず》き合う。不安は当然ある。

けど――隻影《セキエイ》を、オトさん達を救う為、やってのけるしかない。


「ありがとうございます。では――」

「土地の猟師を連れて来てくれる？　道案内を頼みたいのよ――北の、『千崖谷』じゃなく、南の、森林地帯のね。千年前と同じことをするのも、能がないでしょう？」

＊

「お～本当に来たなぁ」

武徳《ブトク》北方『落星原』。

平原を分かつ川に唯一の橋前の陣中で、対岸に少しずつ見えてきた黄金に輝く、巨大な玄《ゲン》の軍旗を確認し、俺は馬上で素直な感想を零した。

数は——約三千ってところか。

『玄《ゲン》軍襲来せり！『千崖谷《せんがいだに》』を踏破してきた模様‼』

万が一を考えて、平原に放っていた斥候がそう報《しら》せて来たのは一日前。

事前準備を整えていた甲斐《かい》もあり、補充兵を得て再編されたオト率いる宇《ウ》家軍約千は、既に布陣を完了済みだ。渡河された際の伏兵として、後背の東丘にも兵を潜ませている。

博文《ハクブン》の言っていた通り、乾季とはいえ川の流れが速い。

橋の近辺以外で渡河するのは、崖を踏破してきた軽装備の敵軍には無理だろう。

俺は武具の準備に余念のない兵達を確認し、古めかしく狭い石橋傍《そば》へ愛馬を進める。

この橋は宇《ウ》家の家祖が西域を制した決戦の地であり、僅か十騎で千を超える敵軍を食い止めたという。

——故に今に残る名は『十騎橋』。

背中の弓を手にしつつ、敵軍へ目を細める。

断崖絶壁が延々列《つら》なる『千崖谷』を踏破してきたにも拘《かか》わらず、半数以上が騎兵なのは、

【皇英《こうえい》】が通った路《みち》以外を見つけたのだろう。敵ながら大したもんだ。

隣に馬を進めて来た黒茶髪の少女がジト目。

手には刃先を良く研いだ工具の円匙《えんし》を持っている。手に馴染《なじ》んだらしい。

「……隻影《セキエイ》様。もう少し緊張感をお持ちください」

「怒るなよ、オト。ここまで裏をかかれたら褒めるしかないだろ？　敵将が誰かは知らんが史書に名前が残るな！」

敵の士気がどれ程かは、軍旗を見れば分かる。

難渋を極めた崖越えだったろうに一切の乱れがない。敵将はかなりの猛者《もさ》だ。

敵軍内から角笛が吹き鳴らされた。

騎兵、弓兵、歩兵が対岸に列をなし、橋上の俺達を視認したのかざわつく。

敵軍を前にしても平素と変わらぬオトが、拗《す》ねたように小さく頰を膨らませた。

「……白玲《ハクレイ》様と瑠璃《ルリ》様の御苦労が、少しだけ理解出来ました。隻影《セキエイ》様のお世話、今度からは辞退致します」

将の何気ない姿を兵達は良く見ている。

内心で震えていたとしても、何でもないかのように振舞う。

隣の少女には確かな将才がある。虎の血筋か。

オトへの評価を更に上げた俺は、弓へ矢をつがえ、引き絞る。

「酷《ひど》いぞ！　オト。俺は白玲《ハクレイ》や瑠璃《ルリ》と違って繊細な生き物なんだ。大軍を前に気持ちを落ち着かせようとしただけなんだって。よっと！」

『〜〜っ⁉』『！！！！！』

放たれた矢は一際《ひときわ》巨大な玄《ゲン》の軍旗に命中。

叩《たた》き折ると、敵味方両陣営がざわついた。

「なぁ、お前もそう思うだろ？　戦場に出る前って落ち着かないよな⁇」

やや離れた場所で馬を駆り、戦斧《せんぷ》を背負った髭面《ひげづら》の大男へ話しかける。

——以前、俺達が捕縛した賊の子豪《シゴウ》だ。

宇香風《ウコウフウ》を『使える奴《やつ》は使う。あいつは賊だが、民を一人も殺してない』と説き伏せ、手下達の減刑を条件に幕下へ加えたのだ。

怖いもの知らずの賊が頰を引き攣《つ》らせ、俺をまじまじと見た。

「……お前、正気なのか……？　玄《ゲン》軍の精鋭を、こんな寡兵で食い止めようってのかよっ⁉　む、無理だ……そ、そんなこと出来るわけがっ」

「何だ、思ったよりも馬鹿だな」

「て、てめぇっ！　っ⁉」

子豪《シゴウ》が戦斧に手をかけた瞬間、宇《ウ》家軍の古参兵達が一斉に火槍《かそう》や弩《いしゆみ》を構える。オトが指示を出していたらしい。

俺は馬を少しだけ歩かせ、敵軍へ目をやった。

「此処《ここ》が抜かれたら『武徳《ブトク》』までは一直線！　守っているのは、爺《じい》さんと婆《ばあ》さん、戦える負傷兵。後は女子供ばかり。そんな都市が陥落したら後は分かるな？【白鬼《はっき》】の直率軍なら軍規は保たれるだろうが、他の将にそいつを期待するのは阿呆《あほう》だ。まず間違いなく蹂躙《じゅうりん》される。その後は西域全土が同じ目にあう」

『…………』

賊だけでなく、オトや兵達も黙り込む。

俺を除き、この場にいるのは武徳《ブトク》出身か、西域で長く生きてきた者ばかりだ。

――故郷が敵騎兵によって踏みにじられる。

それをどう考えるのか。

弓を担《かつ》ぎ、行軍してきたばかりだと言うのに、突撃態勢を取り始めた敵騎兵を一瞥《いちべつ》。

敵陣内で巨軀《きょく》の男が部下達に押し留《とど》められている。名のある将か。

子豪《シゴウ》に左手を軽く振る。

「つまり、前線の『鷹閣《ヨウカク》』から救援が来るまでの間、『武徳《ブトク》』の民を守れるのは俺達だけというわけだ。な、単純だろ？」

「……………ちっ」

髭面の賊は舌打ちし、部下達の下へ戻っていく。逃げ出すつもりはなさそうだ。

馬首を返し兵達の前に進むと、オトが数歩後ろについた。

ぐるり、と見渡し話し始める。

「俺は【虎牙《こが》】宇常虎《ウジョウコ》将軍をよく知らない。『蘭陽《ランヨウ》』の会戦前に一度お会いしただけだったからな。豪放磊落《ごうほうらいらく》な武人という印象だ」

『…………』

兵達が押し黙る。話を聞いた限り、宇《ウ》将軍は部下達に大変慕われていた。

腰の【白星《はくせい》】に触れる。

「だが——あの御方が今の俺達の立場なら、一切の躊躇《ちゅうちょ》なく立ち向かわれると確信している。『劣勢？　知らんっ！』と呵々大笑《かかたいしょう》されながらな」

『**応っ！**』

兵達の瞳に戦意の炎が燃える。

俺は【黒星《こくせい》】を一気に引き抜く。

「**『蘭陽《ランヨウ》』を！　『亡狼峡《ぼうろうきょう》』を！　『敬陽《ケイヨウ》』をも生き抜いた、宇《ウ》家軍の戦友達よっ！**」

後方の銅鑼《どら》が五月蝿《うるさ》い。到着したばかりだというのにもう戦う気のようだ。

敵将は――刻《とき》の重要性を知っている。

橋の方へ馬を返し、味方に背を向ける。

「**敵軍は此度《こたび》も強大だ。がっ！　我等の後ろに友軍なく、我等の他に民を守る者もなし**」

兵力差は約三倍。

強行軍で敵は疲弊しているが……速やかに武徳《ブトク》へ突き進まなければ、自分達が孤軍となる。死に物狂いで攻め寄せてくるのは必定だ。

俺は【黒星】を真横に突き出し、咆哮《ほうこう》した。

「**命を懸ける時は――今っ！　皆の勇戦を期待するっ‼**」

「**オオオオオオオオオオオオッ！！！！！！！！！！！！！**」

味方将兵が武具をかき鳴らし、戦意を燃え上がらせた。

橋の向こうで戦列を組んだ敵騎兵が怯《ひる》み、馬が嘶《いなな》く。

俺は愛馬の黒い首を撫《な》で、肩越しに宇《ウ》家の姫へ鋭く指示。

「オト！　『十騎橋《じゅっききょう》』の敵は俺が出来る限り食い止める。なに——この幅だ。一気に攻めて来るのは数騎が精々だろう。お前は後方で指揮に専念し、俺の討ち漏らしと、渡河しようとする敵兵を防いでくれ」

黒茶髪が憤怒《ふんぬ》で浮き上がったかのような幻視。

少女は馬を寄せて、怒鳴ってくる。

「承服しかねますっ！　貴方様《あなたさま》にもしものことあらば、私は瑠璃《ルリ》様と白玲《ハクレイ》様に何と」

「問題はねーよ。使え」

「！」

明鈴《メイリン》から贈られた特注の愛弓を矢筒ごと押し付ける。

並の腕じゃ引けもしないが、オトなら使いこなせるだろう。

「俺は死なない。そう、あいつとも約束した」

「……隻影《セキエイ》様……」

オトが愛弓を握り、複雑な顔になった。

角笛と銅鑼の音が規則正しくなり、敵陣の混乱が収まっていく。

中央にいるのは、巨馬を駆り脇に老将を控えさせた、兜《かぶと》を被《かぶ》っていない若い男。

金糸を使った鎧《よろい》と腰の見事な双剣が唯者《ただもの》じゃないことを教えてくれる。

——強敵だ。玄《ゲン》は次から次へと、人材が出て来て羨ましい。

俺はオトへ厳命する。

「とにかく、だ。敵を対岸へ渡らせるなっ！　五日……いや、四日耐えれば、『鷹閣《ヨウカク》』から軍が『武徳《ブトク》』へ戻って来るっ‼　そうなれば、俺達の勝ちだ‼」

「——はっ！　御武運を」

意識を切り替え、宇《ウ》家の姫が隊列内へと下がっていく。

死戦場を生き延び、父親と瑠璃《ルリ》の薫陶《くんとう》を受けた少女だ。やるべきことは分かっている。

橋近くの陣内で、手下達へ指示を出す賊の『姓名』を呼ぶ。

明鈴《メイリン》に調査を依頼していたところ、僅かな時間で調べあげてくれたのだ。

「【栄《エイ》】の古将にして『鬼礼厳《ライゲン》』の片腕、岩烈雷《ガンレツライ》の息子——子豪《シゴウ》！　お前に何があったのかを俺は知らん！　興味もないっ‼　だが、無辜《むこ》の民を守ってきた軍人としての気概がまだ残っているのならば……精々暴れてみせろっ。処刑よりは幾分マシだろ？」

「……ふんっ。言われずともっ！」

今や栄《エイ》に残された数少ない勇将の息子が、戦意を漲《みなぎ》らせた。

この男は馬鹿じゃない。戦場で俺達を裏切るような真似《まね》はすまい。

「はっ！」

愛馬『絶影《ぜつえい》』を橋の中央まで一気に駆けさせる。

『？』「…………」

突撃準備を完了していた敵騎兵が当惑する中、巨馬の敵将だけが俺を睨《にら》む。

さて、と。功名稼ぎの時間だな。

息を吸い込み――

「**聞けやっ！『千崖谷《せんがいだに》』を踏破せし【玄《ゲン》】の武士《もののふ》共っ!!**」

敵味方両陣に届け、とばかりに声を張り上げた。

敵戦列の槍衾《やりぶすま》が大きく揺れ、ガチャガチャ、と武具が音を立てる。

微笑《ほほえ》み、腰の【白星】をゆっくりと抜き放つ。

俺は無造作に【双星の天剣《てんけん》】を構え、

「**我が名は隻影《セキエイ》っ！【栄《エイ》】が守護神――【張護国《チョウごこく》】の息子なりっ!!**」

堂々と名乗りを上げた。

「――……っ！」

敵将と視線が交錯し敵愾心《てきがいしん》を露《あら》わにされる。いいぞ、釣れたか。

橋上で一騎打ちともなれば、時間稼ぎにはもってこいだ。討てれば尚《なお》良し。

この戦場において、刻は俺達の味方なのだから……。

そこまで考え、ダメを押すことを決断する。白玲《ハクレイ》と瑠璃《ルリ》にはバレなければいい。

敵将だけを対象にわざと嗤《わら》う。

「我が首、勝ちに驕《おご》る汝等《なんじら》如《ごと》きに取れるものでもなし。『狼《おおかみ》』の誇り、未《いま》だ持つ者が残っているのなら――取れるものなら、取ってみよっ！！！！」

＊

古びた石橋の中央で、黒装の若き敵将――張隻影《チョウセキエイ》が漆黒と純白の剣を神速で振るった。

閃光《せんこう》と血しぶきが舞い、左右から挟撃しようとしていた部下達の身体《からだ》が、グラリ、と傾き落馬。苦鳴すら上げずに絶命する。

「「!?」」

戦友の死に動揺した残る二騎に、黒馬を駆る張隻影《チョウセキエイ》が迫り――胸甲ごと瞬《また》く間に叩《たた》き斬られた。

正しく人馬一体!

亡《な》き父に教わりし言葉が蘇《よみがえ》る。

『オリドよ、我等の力の源泉は馬だ。【栄《エイ》】すらも打倒し得る力だ! よく学び、ダダ家の誉《ほまれ》を上げよ』

噂《うわさ》には聴いていたが、よもや【三将】亡き後の栄《エイ》にこれ程の男がいようとはっ。

しかも、あの双剣……似ている。似過ぎている。

伝承されてきた【双星の天剣】に。

「精鋭の親衛騎兵四人がかりでも……」「ば、化け物っ!」「黒と白の双剣を馬上でありながら自在に振るう……」「【今皇英《こうえい》】っ! 奴《やつ》は【今皇英】だっ!」

戦列を組む歴戦の我が兵達の間に恐怖が広がり、押し留められない。

西冬《セイトウ》の闇に蠢《うごめ》く【御方《おんかた》】配下の手を借り、【皇英】の故事に倣《なら》い『千崖谷』を踏破するまでは順調だったのだ。

――すぐにでも『武徳《ブトク》』を陥落せしめ、宇《ウ》家を降伏せしめる。

聞きしに勝る堅固さを持っていた鷹閣《ヨウカク》はその後ゆっくりと片付ければいい。

三日前の私はそう確信していた。

だが……四騎を倒し、張隻影《チョウセキエイ》がこれ見よがしに狭い橋の中央へ馬を戻していく。

あの黒髪紅眼で、連日戦い続けても一切異変の起こらぬ恐るべき双剣を振るう若き敵将の存在が、今や我が策を根本から崩さんとしている。……このままでは！

隣で馬を並べる守役の老将ベリグが、私へ叱責の視線を一瞬向けてきた。

『兵達の前で将は泰然たるべし』

アダイ陛下にはそう幾度となく訓示されてきているが、抑えきれぬっ。

せめて渡河さえ出来れば……雷の如き轟音《ごうおん》。

縄を使い、必死に川の中を進んでいた兵達へ『火槍《かそう》』と呼ばれる兵器が放たれた。

『～～～っ！』

小石や金属片によって負傷者が続出し、対岸の陣地にいる若い女将が奇妙な得物で指示を出すや、矢の雨で追い打ちされる。

バタバタと我が兵達が斃《たお》れ、苦鳴を残して流されていく。

私の頭が沸騰する。

「北方戦線より共に戦い抜いてきた、我が股肱《ここう》の臣《しん》達を……おのれぇぇぇっ！」

「若っ！　いけませぬっ‼」『！　オリド様っ！』

ベリグの手が手綱を取る前に――私は愛馬を駆けさせていた。

後方で叫ぶ部下達を無視し、颶風《ぐふう》となりて敵将へ抜き放った双剣を振り下ろす。

「張隻影《チョウセキエイ》ぃぃぃ！！！！」

「こりないな、オリドっ！」

我が必殺の斬撃を弾《はじ》き、顔を顰《しか》めた若き敵将へ続けざまに双剣を振るい、突き出す。

我等の間に激しい火花が散り、瞬く間に何十合と打ち合う。

――こうして相対するのは実に五度目。

激戦続きであった北西戦線ですら、これ程手強《てごわ》い男を私は知らぬっ。

我が国最強の勇士である【黒狼《こくろう》】ギセン。それに次ぐ【白狼《はくろう》】以外ならば負けは無し、と密《ひそ》かに自負してきたが……黒剣と白剣の連続攻撃を防ぎ切り、すれ違う。

馬首を返し、頭上で愛剣の刃《やいば》を返す。

「死ねぃ！　今日こそ死ねぃぃっ‼　お前を目の前で討たば――如何《いか》に勇猛な宇《ウ》家軍と謂《い》えど士気も砕けようっ！　【皇英】を継ぐ者は、世にっ‼　私独りで良いっ！！！！」

裂帛《れっぱく》の気合を放ち、再加速。

首と胴を薙《な》がんと必殺の連続斬りを放つ。

「っ！　嫌な、こったっ！」「ぬっ！」

敵将はそれすらも凌《しの》いで見せると、黒馬を走らせやや後退した。

滴《したた》る汗を袖で拭い、私を揶揄《やゆ》。

「オリド・ダダ。総大将が最前線に立って一騎打ち――【白鬼《はっき》】が知ったら、怒るか、呆《あき》れるか。もしかすると首が飛ぶぞ？」

「………………」

一騎当千であっても、連日の戦闘で余裕は全くない筈《はず》。

それでも、兵達の前では笑って見せる。

この男は危険だ。危険に過ぎる。

成長すれば……従兄殿の首にすらその刃は届きかねない。

今、此処《ここ》で討つっ！

剣身に刃毀《はこぼ》れが生じ、限界の近い双剣を構え直す。

「貴様を倒せるのであれば、構わぬっ！」

西域に来たのは正しい選択であった。

従兄殿の障害となり得る存在は悉《ことごと》く！　**【今皇英】**　オリド・ダダが刈り取るっ‼

「若、いけませぬっ」

突如、ベリグが私と張隻影《チョウセキエイ》の間に割って入ってきた。後方の親衛騎兵達も乏しくなった矢を隻影《セキエイ》へ放つ。

「っと」

それらを切り払いながら、若き敵将が黒馬を悠々と退《ひ》いていく。

駄目だ。あの程度ではどうにもならんっ。

「ベリグっ！　一騎打ちの邪魔を――」「**撃てっ！！！！**」

私が老将を怒鳴りつける前に、対岸の女将と明らかに老練の数騎が陣を飛び出し、矢を放って来た。咄嗟《とっさ》に愛剣で叩き落とすも、短剣が頬を掠《かす》める――血の臭い。

投げつけて来た、戦斧《せんふ》を持つ髭面《ひげづら》の男が唇を歪《ゆが》めた。

「**若を御守《おまも》りせよっ！　後退だ**」『はっ！』

ベリグが木楯《きだて》を持った親衛騎兵達へ鋭く命じると、角笛が吹き鳴らされた。

今日も決着をつけられなかったとはっ。

黒茶髪の女将と手練《てだ》れの騎兵に守られた、若き敵将を睨みつける。

「張雋影《チョウセキエイ》っ！　勝負は預けたっ‼　明日こそ……明日こそ、貴様を斬るっ!!!」

三日連続で同じ宣告を告げ、私は愛馬の踵《きびす》を返した。

＊

「若、もう彼奴等《きゃつら》との一騎打ちは何卒《なにとぞ》……何卒、お止《や》めください」

「……退けぬ」

「オリド様っ！」「退けぬのだっ、ベリグ」

私が赤子の頃より付き従う主《あるじ》の、静かな、けれども断固たる声が天幕内に響いた。

――『千崖谷』の案内をした男によれば、『十騎橋《じゅっききょう》』なる橋を攻め始めて三日。

未だ突破は叶《かな》わず。

このままでは手薄な敵本拠地、武徳《ブトク》を直接陥《おとしい》れる策自体が破綻しかねない。

オリド様が、私の他は誰もいない天幕内を歩き回られる。

「刃を交え、言葉を交わしたからこそ分かった。分かったのだっ。近頃の従兄殿がおかしくなられたのは、間違いなく！　奴に執着するが故だ。あるかも分からぬ【伝国《でんこく》の玉璽《ぎょくじ》】を目的にした西域侵攻。――そんな物っ！　以前のあの方ならば見向きもされなかっただろう。幼い頃よりあの御方を仰ぎ見ていた私には分かるっ‼」

「……お考えは理解致します。然《しか》しながら」

北東戦線で赫々《かっかく》たる戦果を積み上げられ、今やその名声は【黒狼】【白狼】にも比類するであろう若き主が立ち止まられた。

「時を掛け過ぎたのは分かっているよ、ベリグ爺《じい》。我等は孤軍。『鷹閣《ヨウカク》』の敵軍が戻る前に決着をつけねば――全滅だ」

「………………」

【皇英】の故事によれば、彼《か》の大将軍は『落星原《らくせいげん》』へと降り立った後、選抜した僅か数百の手勢を率い、一日で当時も【丁《テイ》】の首府であった武徳《ブトク》を落としたという。我等に刻はそう残されていない。

オリド様が自分に言い聞かせるように独白される。

「明日だ。明日で全ての決着をつけるっ！　皇帝陛下はハショに『張隻影《チョウセキエイ》を捕えよ』と命じられているのかもしれぬが……」

――ゾワリ。

濃厚な殺気に皮膚が粟立《あわだ》つ。若はそれ程までに張泰嵐《チョウタイラン》の息子を。

「私が奴を討つ。全ては――偉大なる【天狼《てんろう》】の為《ため》に」

最後は祈るかのように呟《つぶや》き、若は天幕を出て行かれた。

……どうしたものか。

「父上」

少しして、親衛騎兵の隊長を務める我が末の息子トクタが入って来た。表情は暗い。

「……損害はどうか？」

「渡河した隊に多数の戦死者が出ております。生き残った者達によれば、渡った所を半包囲され、戦斧を使う剛の者に追い散らされたようです。予備の剣、槍《やり》、矢も残りは少なく、負傷者の数も増加し、薬や血止めの布も底が見えています。食料と水は多少持ちますが」

「馬達の飼葉《かいば》が尽きる、か」

「……はっ」

オリド様の仰《おっしゃ》られていたように我等は孤軍。補給は望めない。

だからこそ、電光石火の奇襲が必須だったのだが……。

絵図に目を落とす。

「兵達の士気は？」

「連日の激戦で張隻影《チョウセキエイ》に畏怖を覚える者達が……。黒と白の双剣も相まって、あの男こそ【今皇英】だと。以前から、軍内に噂《うわさ》が広まっていたようです」

「さもあらん。儂《わし》とてお前達の歳《とし》ならば信じよう」

若の技量に疑いはなし。

なれど……【張護国《チョウごこく》】の遺児もまた侮《あなど》り難《がた》し。

勝負は五分と五分。どちらに転んでもおかしくはなく、勝負は長引く。

張隻影《チョウセキエイ》もそのことを知ってるからこそ、若の気質を最大限に利用しているのではないか？　だとすれば。

「トクタ。夜の内に信頼出来る者を北へ向かわせ、後退路を確認させておけ。それと【御方】が持ち込んだ、『試作品』の準備を」

「父上、それは……いえ、了解致しました。すぐに手配を」

若いながらも、人が出来ている末の息子は何も聞かず、出て行った。

燭台《しょくだい》の小さき灯《あか》りの下、微《かす》かに笑う。

「何事にも備えは必要だ。勝てば良し。万が一勝てずとも、若の命だけは――」

この老骨にも、命の捨て時が来たやもしれぬ。

明日の決戦を前に、枯れた身体《からだ》に流れる『狼《おおかみ》』の血潮が滾《たぎ》った。

＊

――夢を見ている。

とても寒く、悲しく、優しい夢を。

立っているのは幼い俺。

両手に握った、父と母が最期《さいご》まで俺を守ろうと振るった短剣は半ばから折れ、血に染まっている。

血の海に伏せた顔見知りの者達や、襲って来た盗賊達は誰一人として動かず。周囲の兵達も俺へ武器を向けたまま動こうともしない。

隊列後方にいるのは……ああ、礼厳《ライゲン》だな。幾分若い。

『鬼』と呼ばれた顔には拭い難い苦さ。

幾度か首を振った後、兵達へ命を発しようと手を挙げ――馬が二頭駆けて来た。

若い頃の張泰嵐《チョウタイラン》と、間違えようのない銀髪蒼眼《そうがん》。

――幼い張白玲《チョウハクレイ》だ。

親父殿《おやじ》が礼厳《ライゲン》に馬を寄せて何事かを話す中、外套《がいとう》を羽織った少女の蒼眼は俺だけを捉えている。
そして、あろうことかたった一人で俺の傍《そば》へ。
礼厳《ライゲン》や兵達が驚き、慌てて止めようとするが……親父殿が手で制する。
はは、とんでもない胆力だな。
幼い白玲《ハクレイ》は馬から降りると俺へ近づき、布を取り出した。痛い位に頰を拭われる。
見る見るうちに、紅《あか》に染まっていく。
雪風で銀髪が散るのも気にせず、幼い少女は誰よりも美しく微笑《ほほえ》んだ。
『もう大丈夫。あたしは貴方《あなた》の味方だから。名前は白玲《ハクレイ》！　貴方は？』
『……僕は』

＊

馬の嘶《いなな》きと兵達が動く気配で、意識が覚醒していく。
まず目に入って来たのは、天幕の天井。
——此処は西域。武徳《ブトク》北方の十騎橋だ。

ここ数日同じ夢を見ていた気もするが、殆《ほとん》ど覚えていない。……気持ち悪《わり》い。

寝台脇の【黒星《こくせい》】と【白星《はくせい》】を手にし、立ち上がる。

オリド・ダダ率いる玄軍《ゲン》との交戦が始まったのは、三日前。

今日を凌《しの》げば、救援が武徳《ブトク》に到着する可能性は相当高く……。

「お？」

眩暈《めまい》がし、俺は双剣を支えにしながら片膝をついた。荒く呼吸を繰り返す。

連日の激戦による疲労のせいだろう、身体は重く額から脂汗も滲《にじ》む。まずいな。

「隻影《セキエイ》様、起きておられますか？　朝餉《あさげ》の準備が――隻影《セキエイ》様っ！」

入り口の幕を少しだけ開けて軍装のオトが顔を覗《のぞ》かせ、血相を変えた。

駆け寄って来るも、その場でおろおろ。

常日頃は冷静な黒茶髪の少女の滅多に見られない様子に、俺はくすりとし寝台へ座る。

「立ち眩《くら》みを起こしただけだ。……取り乱すな。兵達に気付かれちまう」

「……はい。申し訳ありません」

オトはしゅんとし、項垂《うなだ》れた。

『感謝を伝える時は、はっきりと口にして！　そっちの方があたしは嬉《うれ》しい』

幼い白玲《ハクレイ》の顔が何故《なぜ》か浮かんだ。確かにな。

にっ、と笑う。

「心配してくれてありがとう。オトは本当にいい女だな！」

「………水を持って参ります」

黒茶髪の少女は意に反して、ムスッとし天幕を出て行った。

今のって、俺のせいか？

「はぁ……女は今世でも分からん」

息を吐くと、手の中の【白星】がキラリ、と光った。


全ての準備を整え、俺は陣内を進む。

対岸では敵軍の軍旗がはためき、時折鬨《とき》の声も聞こえてくる。

――信じ難い戦意。

オリドは馬鹿な将じゃない。

今日にも橋を突破しなければ、自分達が追い詰められることを理解しているのだ。

ま、死戦ってやつだな。

すっかり顔見知りになった宇《ウ》家軍の兵達に声をかけ、岩子豪《ガンシゴウ》をからかっていると、

「隻影《セキエイ》様」

オトが『絶影《ぜつえい》』を連れて来てくれた。

左手で礼を示し、愛馬の首を撫《な》でる。

「オト」

「各員、準備完了しております。早朝、『武徳《ブトク》』より補給も届き、水、矢、火薬も再配分させておきました」

円匙《えんし》と俺の弓を手に、黒茶髪の少女はきびきびと報告してくれた。

今朝方見せた態度は影も形もない。兵達に聴こえぬよう静かに伝える。

「士気から見て、奴等《やつら》半ば死兵だ。損害に構わず突撃を繰り返されれば、兵数差で押し切られるだろう」

「…………」

返答はなく、前髪を手で押さえただけだ。優れた戦術眼を持つこの少女ならば、戦況は言われずとも理解出来ているだろう。

腰の【白星】と【黒星】の位置を直し、気にせず続ける。

「そろそろ『武徳《ブトク》』へ白玲《ハクレイ》達が到着する筈《はず》だ。その為に、地勢調査を入念にやっていたしな。渡河する敵を阻止出来ないと判断したら、俺に構わず退《ひ》け」

「出来ません」

「オト？」

初めて聴く怒気混じりの声色に戸惑い、顔を見る。

『歴戦の宇《ウ》家軍部隊長』が円匙を地面に突き刺し、俺の胸倉を両手で摑《つか》んだ。

「嫌ですっ！　『蘭陽《ランヨウ》会戦』以降、貴方様が私を、私達を何度救ってくれたかっ！　なのに、何一つ……何一つとして、返さないまま見捨てろですって？」

やや離れて、思い思いに戦いの前の時間を過ごしていた兵達がざわつく。当然だ。

この少女は如何《いか》なる戦場であっても、冷静さを喪《うしな》わず兵達を導き、多くの者達を生還させてきた。

――そんな宇《ウ》家の姫が今、『仮面』をかなぐり捨てて、本気で怒っている。

流れる涙を拭おうともせず、小さな拳で自分の軽鎧《けいがい》を叩《たた》く。

「……冗談じゃありませんっ！　そんなのは御免ですっ!!　私の名は宇虎姫《ウトラヒメ》！【虎牙《こが》】宇常虎《ウジョウコ》の娘です!!　宇《ウ》家の、亡《な》き父と母の名誉に懸けて、断固拒否いたしますっ!!!」

そこまで言い切ると、オトは背を向けてしまった。

女心が分からない俺でも、こればかりは理解出来る。

たとえ、何と言おうとも——この少女はもう梃《てこ》でも動かない。

往生し、将としては失格かもしれないが、周囲の兵達に助けを求める。

「……おい、お前等。お姫様を何とかしてくれ」

「隻影《セキエイ》様が悪い」「旦那が悪いでさぁ」「俺達の姫を泣かすとは……」「夜道に気を付けるのをお勧めします」「誑《たら》しがよぉ！」「誰か、張白玲《チョウハクレイ》様に密告しろ」「軍師様にもだぞっ！」

擁護意見がない、だと⁉

愕然《がくぜん》としていると、『絶影』までもが俺へ頭を軽くぶつけてきた。お前もかよぉ。

一縷《いちる》の望みに懸け、今一度少女の名前を呼ぶ。

「……オト」「嫌です」

取り付く島もないとはこのことか。風に乗り、角笛が聴こえて来た。時間がない。

戦斧《せんふ》を肩に載せ、楽し気な岩子豪《ガンシゴウ》へ目を向ける。

「そこの賊崩れ」「女を泣かせる奴《やつ》は馬に蹴られて死ね」

「………」

ぐるり、と見渡すと、兵達全員がニヤリ、としていた。

オトの返答で、俺達がどういう会話をしていたのかは察しがついているだろうに。

——……馬鹿共がっ。

俺は乱雑に黒髪を掻《か》き乱し、嘆息する。

「どいつもこいつも……死にたがりばっかりかぁ？」

何がおかしいのか、失笑は陣内一帯に広がっていき、やがて全員が笑い始めた。

涙を指で拭ったオトも円匙を手にし、笑み。

俺は頷《うなず》くと『絶影』に跨《また》がり、双剣を引き抜いた。

「オト、指揮は任せた。救援は必ず来るっ！　戦好きの馬鹿共、俺より先に死ぬなよっ!!」

「お任せください」『はっ！　張隻影《チョウセキエイ》様っ!!』

敵軍からも角笛と銅鑼《どら》が打ち鳴らされ、動き始めた。

ほぼ全軍で渡河を試みるようだ。本陣にいるのは、老将と僅か数騎のみ。

火槍《かそう》の轟音《ごうおん》と互いの怒号が戦場を支配する中、ただ一騎、早くも双剣を抜いた敵総大将オリド・ダダが、夜の内に死体が収容され、殺風景な石橋の上に巨馬を進めてくる。

——その両眼《りょうめ》にはただならぬ闘志。

何が何でも、俺と決着をつけるつもりらしい。

脚で愛馬に指示をだして駆けさせ、橋のほぼ中央でオリドと相対する。

すぐさま、敵将は隠しようのない殺意を放ち、襲い掛かってきた。

「今日こそは逃がさんぞ、張隻影《チョウセキエイ》っ！」

「そっくりそのまま同じ言葉を返してやるよっ！」

怒鳴り合い、容赦なく急所を狙ってくる双剣の突きを、斬撃を、横薙《な》ぎを凌ぐ。

純粋な体躯《たいく》差で、一撃の重さはオリドの方が上だ。

俺は堪《たま》らず馬を走らせ、距離を取ろうとする。

だが、敵将もさるもの。手綱を取らず巧みに馬を操り、攻撃の手を緩めない。

「し、つこいんだよっ！」「ふんっ！　仮にも【今皇英《こうえい》】が何を言うっ！」

数十……いや、百以上を打ち合い、ようやく互いに離れる。

身体《からだ》が酷《ひど》く重い。

オリド以外との戦闘による疲弊が、ここにきて俺の劣勢を招いている。

河底で隊列を組む敵軍に降り注ぐ矢の雨を視界の外れに捉え、余裕がある振り。

「変な綽名《あだな》を勝手につけるなっ！。俺は張《チョウ》家の拾われ子――隻影《セキエイ》だ」

少しずつ前進する敵軍前方がいきなり爆発し、一部の楯《たて》を吹き飛ばし、水柱が上がった。

数が極少ない為《ため》、今日まで温存してきた、火薬を陶器に詰めて投げ込む新兵器『震天《しんてん》雷《らい》』の使用をオトは決断したようだ。防ぎ切れるかどうか。

双剣の柄《つか》が軋《きし》む程に力を込め、オリドが唇を引き結ぶ。

「……お前の存在は危険だ。危険に過ぎるっ。従兄殿の天下に禍根を残す」

「過大な評価どうも」

軽口で返すが、冷や汗が頬を伝う。

……俺なんかを、玄《ゲン》軍中枢が認識している？

橋の欄干を右手で持った剣を叩きつけて切断し、敵将が獅子吼《ししく》する。

「故に今っ！　此処《ここ》で!!　オリド・ダダがお前を討つ！　全ては従兄殿の天下の為っ!!　これ以上……あの御方がお前に心を乱されることがなきようにするっ！　何度も言ってやるぞっ!!　あの御方の【皇英】は私以外にいらぬのだっ!!!」

一回り大きくなったような圧迫感。

追い風を背に、アダイを妄信する『狼《おおかみ》』が連続で斬撃を繰り出してくる。

変幻自在と言えば聞こえは良いが、要は力に物を言わせた後先考えない高速攻撃だ。

辛《かろ》うじて防いでいくも全ては躱《かわ》しきれず、頬や腕に無数の細かい傷。血が噴き出す。

痛みを無視し、【黒星《こくせい》】で剣を大きく弾《はじ》き、【白星《はくせい》】で後退を強《し》いる。

「言いがかりも大概にしろっ！　俺はアダイと話したこともないんだぞっ‼」

「直接会わす訳にはいかぬっ、と我が直感が告げているっ‼」

――悲鳴じみた金属音。

大上段から振り下ろされた強烈な一撃を、交差した双剣で何とか受けるも、じりじりと押されていく。オリドの両眼が血走り、更に力が込められる。

「こ、この馬鹿力、っ！」

気づけたのは複数の馬が駆ける音。

そして――前世と今世で培《つちか》われ、外れることなき嫌な予感だった。

渾身《こんしん》の力を振り絞り、オリドの双剣を逸《そ》らすも――

「**放てぇぇぇっ！！！！！**」

オリドの陰から姿を現した、老将ベリグの号令一下。

騎兵達が次々と手に持つ小型弩《いしゆみ》の連続射撃に俺は曝《さら》された。連射式だと⁉

双剣を咄嗟《とっさ》に振るい、金属製の矢を叩き落とす。速いっ。

――左腕に凄《すさ》まじい激痛。

「っ⁉　くそっ！」

躱す為身体を横に傾けていたことも災いし、無様にも落馬。

何とか受け身を取り、叩きつけられることだけは回避するも、左上腕には弩の矢が突き刺さり、握力を喪わせていく。

引き抜くのはまずい。大出血をおこしたら仕舞いだ。

歯を食い縛って痛みを無視し、双剣を構える。

弩は弓よりも威力があるものの、速射出来ない——その欠点を改良した新型か。

前方では、一騎打ちの邪魔をされ、オリドが老将へ憤怒《ふんぬ》を叩きつける。

「ベリグっ！！！！」「若っ！　此処は戦場ですぞ」

……抜かった。

最初から、総大将を『囮《おとり》』にして俺を討つつもりだったか。

あの老将、アダイが一族の勇将に付けるだけのことはある。

左腕から流れる鮮血が軍装を濡《ぬ》らしていく。

味方も奮戦しているが、犠牲を厭《いと》わない力攻めに押されていく。

幾度か呼吸を繰り返し、ベリグ達を視線で下がらせたオリドが双剣を振り、血を払う。

「その左手の傷では、剣も振るえまい」

「………………」

左手の【白星】に血が伝っていく。ああ、またあいつに怒られちまう。

――後方の丘方面からは微《かす》かな音。オト達じゃない。何だ？

その間も、オリドは馬を進めて来る。

「終わりだ、張隻影《チョウセキエイ》！　……すまなかったな」

「はんっ！　もう、勝ったつもりかよ。勝負はこれからだっ‼」

【黒星】は無論、【白星】をも握り直す。死ねない。

俺は白玲《ハクレイ》と約束をして――幼き頃見た、あの雪原と幼い少女の泣き顔が鮮明に蘇《よみがえ》った。

『貴方《あなた》は死んじゃダメ！　あたしと一緒に生きて？』

――……そうか。そうだったのかよ。

最初に出会ったのは張《チョウ》家の屋敷《やしき》じゃなく、血塗《ちまみ》れの雪原だったのか。

あいつ、俺に――襲って来た盗賊を皆殺しにした俺に、何てことを言ってやがる。

道理で逆らえないわけだな。

「ふふふ」

「……何がおかしい？」

突然笑い始めた俺を、気味悪そうにオリドが見る。

——先程の音が大きくなってきた。

「古い古い約束を思い出したんだよ、オリド・ダダ。悪いな、俺はお前に討たれてやるわけにはいかない」

「この状況でもなお臆さないその胆力は見事！　せめて、一思いに——ぬっ？」

遂《つい》に対岸へと押し寄せた敵の先陣一人が、横合いから矢を受け倒れた。

『！』

驚き動きを止めた敵の幾人かが東の丘を指差す。

翻《ひるがえ》ったのは巨大な軍旗。

——『張《チョウ》』。

けたたましい銅鑼《どら》が打ち鳴らされ、庭破《ティハ》に率いられた騎兵が駆け降りて来る。

『っ!?』

あり得ない方向からの奇襲を受け、敵先陣が慌てて陣形を変えようとするも、態勢を立て直したオト達によって側面を突き崩される。

俺の眼は、丘の上で指揮を執る金髪翠眼《すいがん》の少女をはっきりと捉えた。

「張《ちょう》、家軍《かぐん》、だと⁉　いったい、どうやって──早過ぎるっ！」

オリドが狼狽《ろうばい》し、優勢だった敵軍の勢いも一気に消えていく。

死力を尽くした軍は一度崩れれば弱い。勝ったっ。

俺は白馬で一直線に駆ける銀髪蒼眼《そうがん》の少女を一瞬だけ確認し、笑みを深めた。

若き玄《ゲン》の勇将へニヤリ。

「悪いな──根競《こんくら》べは俺達の勝ちだっ！」

「お、おのれぇえっ！」

憤怒《ふんぬ》の表情で巨馬を走らせ、オリドがせめて俺だけは討たんとする。

そこへ、疾風のように白馬が割り込んで来た。

「**白玲《ハクレイ》っ！**」

「**隻影《セキエイ》っ！**」

【白星】を馬上の少女に投げ渡す。

阿吽《あうん》の呼吸で左右からオリドを挟撃し、

「「**はぁぁぁぁぁあっ！！！！！**」」「**っ！　馬鹿なっ⁉**」

名の有る職人が打ったであろう双剣へ、【天剣《てんけん》】を同時に振り下ろし両断！

双刃が宙を舞い、石橋に突き刺さる。

オリドは両眼《りょうめ》を見開き、俺を守るように前へ出た白玲《ハクレイ》を凝視した。

「災厄を齎《もたら》す銀髪蒼眼の娘。そうか、貴様が張《チョウ》家の——がっ！」

完全に油断していたのだろう。まるで意趣返しのように、オリドの左腕に矢が深々と突き刺さり、落馬した。

「隻影《セキエイ》様っ！」

俺の弓を構えたオトが馬を走らせ、兵達も急速に集まりつつある。

——ここで、玄《ゲン》の皇族を討てれば戦局に与える影響は大きい。

犬歯を剝《む》き出しにしたオリドは、右手の折れた剣を掲げ、

「いけませせぬっ！」

突っ込んで来た老将ベリグが俺達の前に立ち塞がり、百近い敵騎兵が『壁』を形成する。

弩を無造作に捨てて馬を降り、腰の剣を抜き放った老将が振り向かないまま勧告。

「若、退《ひ》きませぃ。この戦は負けでござる。我が馬をお使いくださいませ」

「ベリグ！　何を言うっ!!　張隻影《チョウセキエイ》と張《チョウ》家の娘を……【天剣】を振るう者達を倒さなければ、従兄殿に災厄が及ぼうぞっ!!　ええぃ、離せ、離すのだっ!!!」

自らの敗北を認められない勇将は、部下達に無理矢理馬に乗せられそうになり暴れる。

すると、老将は俺達の前にも拘《かか》わらず背を向けた。

その気高き姿に俺達は手出しが出来ない。

老いてなお、守るべき者を見失っていない『狼』が一喝する。

「**馬鹿者っ！！！！　今は退くのだっ！　オリド・ダダっ‼**　……若、未熟故に失敗を認め、真なる『狼』になられませい」

「**──っ！**」

オリドは身体《からだ》を大きく震わせると、俺と白玲《ハクレイ》を射殺さんばかりに睨《にら》みつけ──馬に跨《また》るや、双剣を投げ捨てた。

「分かったっ！　退くっ‼　ベリグ……必ず、後で合流せよっ‼」

そう叫ぶや馬を走らせ、撤退を開始した。

「！　つ、追撃をっ‼」「追えっ！！！」

我に返ったオトと庭破《テイハ》が命令を発し、宇《ウ》家軍と張家軍《ちょうかぐん》の精鋭騎兵を伴い俺と白玲《ハクレイ》を追い抜いていく。

必死に馬を走らせるオリドの背を眺めた後、ベリグが俺達へと向き直る。

「お待たせした。では——やりますかな」

俺と下馬した白玲《ハクレイ》は、【黒星】と【白星】を構えるも躊躇《ためら》う。

勝負はもうついた。

手負いのオリドが追撃を振り切れるかは分からないが、『千崖谷《せんがいだに》』を越えるのもまた至難だろう。

若い主《あるじ》を逃さんとする老将に、亡《な》き礼厳《ライゲン》の面影を覚え、俺は頭を振った。

「……止《や》めとけよ、爺《じい》さん。あんたじゃ俺達には勝てない」

「これは異なことを。貴殿も手負いであろう？」

カカカ、と楽しそうに笑みを浮かべ——老将は表情を一変させた。

「勝負に絶対などないっ！　汝《なんじ》が【皇《コウ》不敗】の生まれ変わりでもなければな。——玄《ゲン》帝国最優の将オリド・ダダが臣《しん》ベリグ」

名乗りを聞いた以上、張泰嵐《チョウタイラン》の子である俺達は応えなければならない。

白玲《ハクレイ》の右隣へと進み、名乗る。

「張隻影《チョウセキエイ》だ」「張白玲《チョウハクレイ》です」

「「「いざっ!!!」」」

踏み込み——駆け抜けながら一閃《いっせん》。刹那の二連撃！

俺と白玲《ハクレイ》の袖が斬り裂かれる。

恐るべき神業を見せた老将は剣を鞘《さや》へ納め、

「……真《まこと》、見事……」

好々爺《こうこうや》の顔のまま、石橋にドサリと伏した。

後方の兵達の間から歓声は上がらず、敵ながら見事な最期《さいご》を遂げた老将へ手を合わせていく。……大した爺さんだった。

丘の上で指揮を執っていた瑠璃《ルリ》が馬を走らせるのを確認し、

「ふう……」

俺は【黒星《こくせい》】を支えにしながら、その場にへたり込んだ。

無視していた左腕が酷《ひど》く痛むも、顔を上げて白玲《ハクレイ》へ礼を言う。

「助かったぜ、ありがとう。お前には何時《いつ》も助けられてばかり——……あれ？」

「**隻影《セキエイ》っ！！！！**」

身体から力が抜け、倒れそうになったところを涙目の少女に受け止められる。

ああ、軍装が血で汚れちまう。こんなところまで、初めて会った時と一緒かよ。

目を開けていられず、ぼんやりしながらも微笑《ほほえ》む。

「……約束、守ったぞ。死んだら、初めて会った時みたいに雪姫《ユキヒメ》が泣くものなぁ……」

「喋《しゃべ》らないでっ！　誰かお願い、手を貸してっ！！！！」

——起きたら、また説教されそうだな。

白玲《ハクレイ》の悲鳴を聞きながら、俺の意識は闇に飲み込まれた。

終章

「ふーん……それで、私と初めて会った日のことを思い出したんですか？　あと、動かないでください、隻影《セキエイ》」

「全部じゃなくて、断片的にだけどなー。ち、ちょっと地図を取っただけだって」

寝台上で上半身を起こした俺は、民族衣装姿の少女に弁明した。

――【玄《ゲン》】軍の侵攻を退けて十日。

戦場で意識を喪《うしな》った俺は、あの後すぐ宇《ウ》家の屋敷《やしき》に担《かつ》ぎ込まれた――らしい。

数日間眠り続け、目を覚ましたら左腕の矢は抜かれ、枕元で白玲《ハクレイ》が泣いていたので、記憶は全くない。

オリド達を追撃し壊乱させた、瑠璃《ルリ》にも散々詰《なじ》られた。

『白玲《ハクレイ》がずっと看病していたのよ？　……あんまり、無理無茶するのを止めなさい。オトにも心配かけて！』

そんな軍師様の眼も涙で潤んでいたが、言わぬが花だろう。俺にだって、その程度は分かる。

地図を膝上に広げていると、白玲《ハクレイ》が話題を戻す。

「小さかったですし、仕方ないんじゃないですか？　私だって、覚えては……あ、隻影《セキエイ》が泣いていたのは、はっきり覚えていますけど」

反論したい。俺はそこまで泣いていないし、泣いていたのはお前だし。

第一、血塗《ちまみ》れの短剣を両手に持った得体の知れない餓鬼を抱きしめるなんて強烈な記憶、覚えてないなんてことはあり得ない。張白玲《チョウハクレイ》は誰よりも優しいのだ。

……本当に命の恩人どころの騒ぎじゃなかったな。

俺が苦笑していると、目の前に木製の匙《さじ》が差し出された。温かい粥《かゆ》が載っている。

「いや、だから右手はまだ動かせる」「駄目です」

「…………ハイ」

起きて以来、俺は自分で食事を摂《と》らせてもらえず、こうして白玲《ハクレイ》に食べさせてもらっている。恥ずかしいんだが、発言権はなく……。

瑠璃《ルリ》はニヤニヤ。オトは恥ずかしそうに。一度だけ見舞いに来た宇博文《ウハクブン》に到《いた》っては鼻で嗤《わら》っていやがった、許すまじ！

あっという間に食べ終え、白玲《ハクレイ》が淹《い》れてくれたお茶を飲む。

「そうだ。聞いてなかった。そっちはいったいどうやったんだ？　よくもまぁ、あんな早さで『十騎橋《じゅっききょう》』に来られたな」

俺はてっきり武徳《ブトク》へ一旦退き、その上で進出するものだと思っていた。

鷹閣《ヨウカク》と『落星原《らくせいげん》』間に路《みち》らしい路はない。

白玲《ハクレイ》が布で俺の口元を拭う。銀髪を結う緋色《ひいろ》の紐《ひも》を見ると何故《なぜ》だかホッとした。

「瑠璃《ルリ》さんの事前準備と地元猟師の案内、明鈴《メイリン》が送って来た『羅針盤』を使い、『鷹閣《ヨウカク》』南部の森林地帯を突っ切りました。ぶっつけ本番でしたけどね」

うちの軍師様は仕事が出来る。

俺とオトが武徳《ブトク》に残った後、最悪の事態を想定してくれていたのだろう。

幼馴染《おさななじみ》の少女へ質問する。

「『羅針盤』、役に立ったか？」

「ええ。陽《ひ》や星が見えなくても、方位が分かるのは便利ですね」

今回、オリド・ダダは故事を学び『千崖谷』越えの壮挙を成し遂げた。

対して、瑠璃《ルリ》は地道な地勢情報の収集に加え、新しい時代の道具を取り入れた。

【皇英《こうえい》】だ【王英《おうえい》】だなんて時代は、とっくの昔に終わっているのかもな。

お茶を啜《すす》る。茶菓子が食いたい。

「お前達が『鷹閣《ヨウカク》』から退《ひ》いた後は？　博文《ハクブン》は言葉を濁してたが」

「……少しだけ、大変だったみたいです。塹壕《ざんごう》を用いた攻城戦を仕掛けられて、最も東側の第一城楼は陥落寸前までになった、と香風《コウフウ》様から聞きました」

「塹壕、ねぇ」

瑠璃《ルリ》は敬陽《ケイヨウ》で、塹壕と野戦築城を組み合わせ、騎兵と重装歩兵に仕事をさせなかった。逆に言えば、攻める側でも有用だってことか。白玲《ハクレイ》が手櫛《てぐし》で俺の寝癖を直す。

「あと——貴方《あなた》が寝ている間に大きく変化したのは宇《ウ》家の立ち位置ですね。今回、【玄《ゲン》】に攻められ、『武徳《ブトク》』を落とされそうになったことで、覚悟を決めたみたいです」

丸窓から風が吹きこんできた。

幼馴染の少女が内庭を見つめ、銀髪を押さえる。俺はポツリ。

「中原に……『臨京《リンケイ》』に救援の兵を出す、か」

「はい。既に準備が始まっています。あちらの戦況は危機的みたいですから」

俺の見舞いに来た際は傷を見て震えていたらしい光美雨《コウミウ》だったが、今頃歓喜しているかもしれない。いや……香風《コウフウ》と博文《ハクブン》、瑠璃《ルリ》ならまだ話していない可能性もあるか。

お茶を飲み干し、脇机に置くと「……私が受け取るのに」と少女が唇を尖《とが》らす。

右手を伸ばし、輝く銀髪に触れる。

「白玲《ハクレイ》、お前はどうしたい？」

「そっくりそのまま返します」

素っ気ない回答だ。

宇《ウ》家軍が動けば、客将の立場である俺達だってこのままではいられないんだが。

目を伏せ、心底から思っていることを告白する。

「……俺は、お前に復讐《ふくしゅう》が出来るとは微塵《みじん》も思わないし、それに囚《とら》われてほしくない」

「私も貴方に復讐なんかしてほしくありませんし、囚われてほしいとも思ってません」

親父《おやじ》殿を処刑した【栄《エイ》】の愚帝や、奸臣《かんしん》共は殺したい程に憎い。白玲《ハクレイ》だって同じ気持ちだろう。

だが……俺達はお互いに、そんなことを相手にしてほしくないとも思っている。

矛盾だ。いや、そもそも人自体がそうか。

顔を上げ、白玲《ハクレイ》と目を合わす。

「【栄《エイ》】の皇帝は話を聞く限り、善人なんだろう。……だが、愚かな働き者は人を殺す。

信じることは出来ない」

「瑠璃《ルリ》さんもそう言われていました。もっと強烈な言葉でしたけど。どちらかと言えば、兵を出すのは反対みたいです」

「……あいつらしいな」

うちの軍師様は、栄《エイ》に思い入れがない。

あるとすれば――俺達やオト、明鈴《メイリン》にだろう。

【天剣《てんけん》】や仇《かたき》の【黒刃《こくじん》】が気になっているのも事実だろうが、端々に出る優しさは隠しようもないし。目を瞑《つぶ》る。

「ただな？　俺はお前と、みんなと『敬陽《ケイヨウ》』に帰りたい」

「……はい」

アダイに恨みはない。

あいつは搦《から》め手で親父殿の手足を縛ったが……見事な謀略だった。

敬陽《ケイヨウ》の統治を聞く限り、名君でもあるのだろう。

それでも――恭順出来るか、というと出来ない。

俺達が故郷へ帰る為《ため》には、あいつに勝つ他ないのだ。

右手を伸ばし、寝台にたてかけてある【白星《はくせい》】を手に取り、白玲《ハクレイ》へ差し出す。

「返す。お前が持っておいてくれ」

「……いいんですか？　貴方なら【天剣】を操ることなんて造作も――」

「いいんだ」

宝石のような蒼眼《そうがん》を瞬《しばたた》かせた少女に剣を持たせ、俺は目線を逸《そ》らした。

照れくさくなり、頬を掻《か》く。

「どうやら俺は、お前と一緒じゃないと駄目らしい。あんな戦い方をしたら、すぐに死んじまう。だから――張白玲《チョウハクレイ》に持っておいてほしいんだよ」

「……む～。不意打ちは禁止なのに……」

小さく不平を零《こぼ》すも、白玲《ハクレイ》は両手で【白星】を抱きしめた。頬を染めそっぽ。

「ふ、ふんっ！　そ、そんなことを言っても、お説教はまけてあげませんからねっ‼」

「……おい、ちょっと待て。あれ以上があるのか？　起きてすぐしたよな⁉」

「？　当然でしょう⁇」

心底不思議そうな顔。無駄に可愛《かわい》い。いや、そんな場合じゃない。

どうにかして回避しないと、俺の心が、心が死んでしまうっ！

――……逃げるか。

「ねぇ？　いちゃついている所、悪いんだけど、ちょっといいかしら？」

「「！」」

二人で入り口を見ると、青帽子で自分を扇《あお》ぐ金髪の少女が立っていた。左手には布袋を提げている。

「あ！　武功第一位の天才軍師様だー」「る、瑠璃《ルリ》さん、別にいちゃついてなんかっ！」

思い思いに反応すると、仙娘《せんこ》は唇を吊《つ》り上げ、寝台までやって来て座った。

細い指で頰を突《つつ》かれる。

「武功第二位の張隻影《チョウセキエイ》様に譲られただけよ。しかも、私に黙って、宇香風《ウコウフウ》に話を通して、ね。今度口にしたら【今皇英】の異名、如何《いか》なる手を使っても——明鈴《メイリン》と手を組んででも、天下に広めるわよ？」

「あーあーあー！　瑠璃《ルリ》様っ！　仙娘様っ‼　御許しくださいっ」

急所を持ち出され、俺は全面降伏を宣言する。

オリドも言ってたが【今皇英】ってなんだよ、おい。

部屋に黒猫のユイが入って来て周囲を見渡し、瑠璃《ルリ》の膝上に跳び乗った。

ぐりぐりと俺の頰に指をめり込ませていた瑠璃《ルリ》が、手を引く。

「ふんっ。あんたは、自覚が足りないのよっ！　左腕が治ったら説教するから。オトも張り切ってたわよ？　はい、これ」

「？」

俺と白玲《ハクレイ》が布袋を覗《のぞ》き込む。オトの件はきっと嘘《うそ》だ。

――綺麗《きれい》に汚れが取られ見違えた、鍵穴を持つ金属製の黒小箱。

彫られている紋章は『**桃花と三本の剣**』。

「ああ、職人の爺《じい》さんが来てくれたのか。その紋章は……」

「預ける前とはまるで別物です」

「貴方が寝ている間にね。熱心に調べてくれたみたいよ？」

瑠璃《ルリ》は黒猫を撫《な》でて微笑《ほほえ》んだ。

ただし――瞳は一切笑っていない。

「単刀直入に言うわ。この小箱の中身、本物の【伝国《でんこく》の玉璽《ぎょくじ》】かもしれないわ。彫られていた紋章は間違いなく煌《トウ》帝国初代皇帝の印だそうよ。そして、これを開けられるかもしれない人物が――光美雨《コウミウ》が私達の近くにいる」

「…………」

俺と白玲《ハクレイ》は黙り込み、小箱へ視線を落とした。

……そんな奇跡が？

金髪も解いた少女が寝台に腰かける。

「さ、どうする？　旗印の『皇妹』。権威の【玉璽】。そこに——オリド・ダダを破った宇《ウ》家軍と張家軍《ちょうかぐん》の『武』。貴方達の決断次第で【栄《エイ》】の命運が」

「『私達』、な？」「瑠璃《ルリ》さん、めっ、です」

こんな大事、俺達だけで決められるわけがない。うちには頼りになる軍師がいるのだ。

一瞬呆《ほう》けた瑠璃《ルリ》は額を押さえ、顔を綻ばせた。

「……はぁ。あんた達と一緒だと、ほんと退屈しないわね。いいわ——一緒に考えてあげる。一蓮托生《いちれんたくしょう》だしね」

＊

「つまり——オリドは【皇英】の奇襲策を決行。首尾よく成功したものの、敵に看破され、多くの兵とベリグを喪《うしな》った。そういうわけだな、ハショ？」

「……はっ。も、申し訳ありません、アダイ皇帝陛下」

先頃、玄《ゲン》に併呑《へいどん》された水州《スイシュウ》の中心都市『楚卓《ソタク》』。

その地郊外に置かれた本営で跪《ひざまず》き敗戦の報告を行った私――『千算《せんさん》』のハショは、滴《したた》る汗を拭うことも出来ず、身体《からだ》を震わせた。

玉座に座られている陛下を見ることなど到底出来ない。

オリド様は艱難辛苦《かんなんしんく》を越え、辛《かろ》うじて生還されたものの、付き従った精鋭達の多くは戻らず。私も多少の戦果は挙げたものの、鷹閣《ヨウカク》を抜くことは出来なかった。

嗚呼《ああ》、我再び誤れりっ！

ようやく、『灰狼《かいろう》』セウル・バト殿の戦死を乗り越えつつあったというのに……。

弟殿を喪われた最前線の老元帥閣下はさぞかし嘆いておられよう。

歴戦の諸将達の間にもざわめきが起こる。

「まさか、あのオリド様が……」「一敗地に塗《まみ》れるとは信じ難《がた》し」「老ベリグ殿も最古参の将なのだぞ？　よもやだ」「老元帥殿には伝わっているのか？」「相手はいったい」

「――静まれ」

陛下の一声で、本営内から音が消えた。

何という威厳か。畏怖することしか出来ない。

私は敷かれた異国の絨毯《じゅうたん》に汗を滴らせながら、言葉を振り絞る。

「此度《こたび》の敗戦の責、軍師としてオリド様を御止め出来なかった私にございます。また、

『千崖谷《せんがいだに》』を越え、『武徳《ブトク》』へ攻め入らんとしたことは壮挙だと確信もしております。将兵への咎《とが》は何卒《なにとぞ》、この私独りにお与えくださいますよう……」

言い切った！　言い切ったぞっ‼

私は史書によく出て来る、責任を取らぬ愚者ではないっ。

煌《トウ》帝国大丞相《じょうしょう》、王英風《オウエイフウ》ならばこのような態度を必ず取る。

……伝承する限り、彼の英傑は生涯不敗だったが。

陛下が手を挙げられたのが分かった。

「良い。罰せられるとすれば、オリドの忠《ちゅう》と勇、その深さを見誤っていた私である。……ベリグ爺《じい》は惜しいことをした」

「か、寛大な御言葉、恐悦至極に」

「奮戦した軍には再編と休養を命じる。いい加減、顔を上げよ」

「は、はっ！」

どっと身体から力が抜けていき――炎の如《ごと》き怒りが込み上げてきた。

オリド様の策を看破する者なぞ世に限られる。

またしても、またしてもっ！　張家軍の軍師かっ‼

陛下が頬杖《ほおづえ》をつかれた。長い白髪が風で微《かす》かに揺れる。

「西域侵攻軍の助攻もあり、本軍の侵攻は順調だ。既に二州を併呑。大河沿いの水塞群、外洋に逃げ遅れた奴等の艦隊も悉く掃滅した。先陣を両者譲らぬ【黒狼《こくろう》】と【白狼《はくろう》】に、前線の爺は困ってはいるようだがな」

失笑が漏れる。玄《ゲン》帝国の誇る『狼《おおかみ》』達を御するのは、老元帥殿でも至難のようだ。

しかも……既に二州を取り、水塞群と艦隊をも悉《ことごと》く掃滅。信じられない早さだ。

従者から絵図を受け取り、陛下が何でもないかのように告げられる。

「残るは『臨京《リンケイ》』を守る弱兵十数万が籠る大水塞のみ。皆、武功の稼ぎ処《どころ》ぞ？」

『お任せをっ！　偉大なる【天狼《てんろう》】の御子《みこ》、アダイ・ダダ皇帝陛下っ‼』

一斉に諸将は歓呼の雄叫《おたけ》びをあげた。

どうやら、私が鷹閣《ヨウカク》で苦闘している間に栄《エイ》の命運は尽きていたようだ。

陛下が席を立たれ、私の方へやって来られる。

――肩に小さく温かい手。

「【玉璽】がない分、併呑した諸州の内政に汗をかいてもらうぞ、ハショ」

「は、はっ！　お任せくださいっ‼」

頬が紅潮するのをハッキリと感じる。

この御方に付き従い、神算を学び……何時《いつ》か必ず、【今王英《おうえい》】となって見せよう！

陛下は満足気に頷《うなず》かれ、玉座へ戻って行かれ、

「ああ、そうであった」

途中で振り返り、私を見られた。

――背筋に悪寒《おかん》が走る。な、何だ⁉

瞬《まばた》きをすると、陛下は玉座に座られていた。何も御変わりはない。

「オリドとベリグを止めた者の名――後学の為《ため》、聞いておくとしよう」

＊

「フフ……フッハッハッ」

誰もいない深夜の本営に私――玄《ゲン》帝国皇帝アダイ・ダダの笑い声が響き渡った。

護衛を務める【黒狼】のギセンは前線に出向いており、今は旧『赤槍騎《せきそうき》』から選抜された者が周囲一帯を守っている。声を聴く者なぞいない。

私は目元を覆い、愉悦に浸る。

――流石《さすが》だ英峰《エイホウ》。それでこそ、だ！

年齢を考えれば、全盛にはまだまだ程遠いだろうに、オリドとベリグをこうも容易《たやす》く破ろうとは。

いや。当然かもしれぬ。


『皇英峰《コウエイホウ》の武、四海《しかい》に轟《とどろ》き、十万余の兵に匹敵す』


――そう前世で言い始めたのは誰であったか。

少なくとも私は疑ったことなぞなかったが。手を外し、燭台《しょくだい》の炎を睨《にら》む。

「だが……やはり」

銀髪蒼眼《そうがん》を持つ張《チョウ》家の娘を許すことは出来ぬ。

本来なら――英峰《エイホウ》の隣にいるのは私だった筈《はず》。

それを盗んだ者なぞ、生きている価値もないっ！！！！

我が将兵に少なからぬ損害を与えているならば猶更《なおさら》だ。

張泰嵐《チョウタイラン》への敬意は無論あるが、何《いず》れ……。

「……まぁ、良い……少なくとも今は」

嗚呼、英峰《エイホウ》……我が莫逆《ばくぎゃく》の友よ！

お前は前世において紛れも無き英雄の中の英雄だった。

それは今世でも変わることはあるまい？　待っていてくれ。

英雄に相応《ふさわ》しい戦場を、私が全身全霊を以《もっ》て用意しよう！


――その為には。

酒杯に注いだ桃の酒を飲み干す。

「今一度、徐《ジョ》家の雛鳥《ひなどり》に踊ってもらわねばな。此度は死ぬまで」

あとがき

四ヶ月ぶりの御挨拶、七野《なな の》りくです。

今巻も無事、砂になりました。

……おかしい。どうして毎巻こんなことに。

人生は複雑怪奇ですね。


内容について。

ここまで、ほぼ思い通りに事を進め、【栄《エイ》】や隻影《セキエイ》達を圧倒してきたアダイ君ですが、今巻においては微妙な綻びを見せています。

史実において、北方騎馬民族が武力で圧倒していても、大陸の統治に苦労したのは事実であり、『分かり易《やす》い大義名分』が必要なこともまた事実。

けれど、極端な話をすれば『勝てば官軍』なんです。

大陸をほぼ征した帝国に対し、西方一領域では、人口と経済力の差故に対抗し難《がた》いのは、諸葛亮《しょかつりょう》（軍才はないんじゃ？　論、長くなります）が証明しています。

アダイ君が見せた綻びが、結果としてどういう結果を招くのか……お楽しみください。


宣伝です！

『公女殿下《こうじょでんか》の家庭教師《かていきょうし》』最新十五巻発売中です。十六巻も今冬に。

そして、一言でも書きましたが――なんと、アニメ化します！

人生、何が起こるか分かりませんね。びっくりです（※未《いま》だ実感ないです）。


お世話になった方々へ謝辞を。

担当編集様。交代していきなりの修羅場、すいませんでした……。は、反省しています。

本当です。

ｃｕｒａ先生、今巻もありがとうございました。美雨《ミウ》、お気に入りです。

ここまで読んで下さった全ての読者様にめいっぱいの感謝を。

カクヨム以来の読者様、『公女』アニメ化まで辿《たど》り着きましたよ！

また、お会い出来るのを楽しみにしています。次巻、『踊る雛鳥《ひなどり》。嗤《わら》う白鬼』。

七野りく

お便りはこちらまで

〒一〇二-八一七七
ファンタジア文庫編集部気付
七野りく（様）宛
ｃｕｒａ（様）宛

富士見ファンタジア文庫

双星《そうせい》の天剣使《てんけんつか》い4

令和５年10月20日　初版発行

著者――七野《ななの》りく

発行者――山下直久

発　行――株式会社KADOKAWA
〒102-8177
東京都千代田区富士見2-13-3
0570-002-301（ナビダイヤル）

印刷所――株式会社暁印刷

製本所――本間製本株式会社

ISBN978-4-04-074947-1 C0193

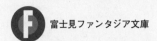

ティナ
四大公爵家のひとつ、ハワード家に生まれた公女殿下。なぜか誰でも扱える程度の魔法すら使うことができない。
変えるはじめましょう
アレン
公爵令嬢ティナの家庭教師を務めることになった青年。魔法の知識･制御にかけては他の追随を許さない圧倒的な実力の持ち主。
発売中!

この少年すべてが
天上優夜《てんじょうゆうや》
異世界で
レベルアップした結果、
最強の身体能力を
手に入れた少年
シリーズ好評発売中！

I got a cheat ability in a different world, and became extraordinary even in the real world.

異世界でチート能力《スキル》を手にした俺は、現実世界をも無双する

～レベルアップは人生を変えた～

チートすぎる

著：美紅
イラスト：桑島黎音

幼い頃から酷い虐めを受けてきた少年が開いたのは『異世界への扉』だった！ 初めて異世界を訪れた者として、チート級の能力を手にした彼は、レベルアップを重ね……最強の身体能力を持った完全無欠な少年へと生まれ変わった！ 彼は、2つの世界を行き来できる扉を通して、現実世界にも旋風を巻き起こし——!? 異世界×現実世界。レベルアップした少年は2つの世界を無双する！

ファンタジア文庫

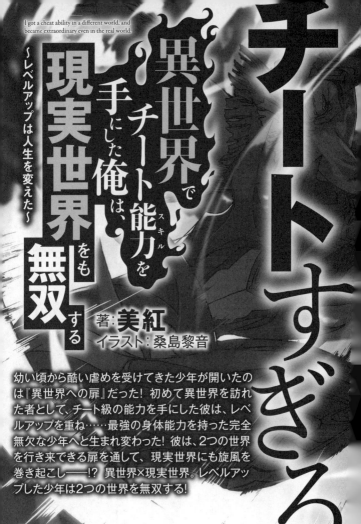

無自覚最強ハーレム！
シリーズ
好評発売中！
妹が女騎士学園に入学したらなぜか救国の英雄になりました。
僕《ぼく》が。
After my sister enrolling in Girl Knights' School, I become a HERO.
author. ラマンおいどん
ill. なたーしゃ
ファンタジア文庫

だって学園の誰より
兄さんのが
強いですから
STORY
妹を女騎士学園に送り出し、さて今日の晩ごはんはなににしよう、と考えていたら、なぜか公爵令嬢の生徒会長がやってきて、知らないうちに女王と出会い、男嫌いのはずのアマゾネスには崇められ……え？　なんでハーレム？

切り拓け！キミだけの王道
ファンタジア大賞
原稿募集中！
賞金
《大賞》300万円
《金賞》50万円
《銀賞》30万円
選考委員
細音啓「キミと僕の最後の戦場、あるいは世界が始まる聖戦」
橘公司「デート・ア・ライブ」
羊太郎「ロクでなし魔術講師と禁忌教典《アカシックレコード》」
ファンタジア文庫編集長
前期締切 8月末日
後期締切 2月末日
公式サイトはこちら！ https://www.fantasiataisho.com/
イラスト／つなこ、猫鍋蒼、三嶋くろね